图书 影视

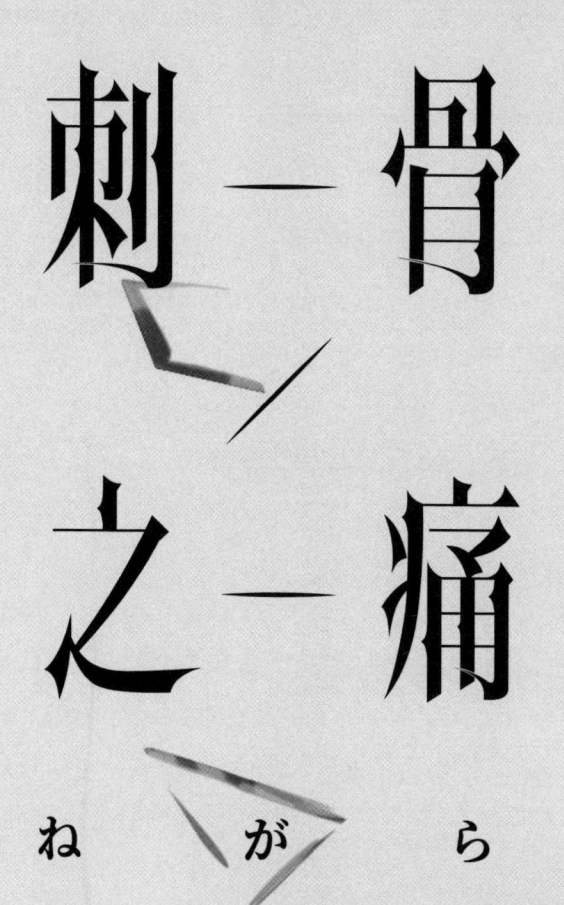

刺骨之痛

ほ ね が ら み

[日]芦花公园／著
姚奕崴／译

台海出版社

| 主要登场人物 |
| 001 |

| 前言 |
| 003 |

| 读　木村沙织 |
| 013 |

| 语　佐野道治 |
| 059 |

| 见　铃木舞花 |
| 095 |

| 编　医生 |
| 135 |

| 障　医生 |
| 153 |

| 知　某个达摩不倒翁的始末 |
| 187 |

| 终 |
| 231 |

目录

主要登场人物

我：在大学附属医院工作到第九个年头的男性。

木村沙织："我"在网络相识的朋友，兼职漫画家，以"木村纱织"为笔名进行创作。

由美子：家庭主妇，与木村沙织毕业于同一所大学，疑似大学附属医院患者。

中山：与"我"在同一所大学附属医院工作的女护士，自称具有"通灵体质"。

前辈：医生，"我"工作的医院里的前辈。

佐野道治："前辈"负责的病人。

雅臣：佐野道治的大学同学，出版社职员，主要负责超自然现象类书籍。

裕希：疑似佐野道治的配偶，与雅臣是堂兄妹关系。

多米尼克·普莱斯：已故怪谈收藏家，男性，前大学职员。

铃木舞花：单亲妈妈，与女儿茉莉移居乡下。

铃木茉莉：铃木舞花的女儿，小学生。

T先生：当地有权势的人士，与橘家有联系。

斋藤晴彦："我"的学者朋友，专业从事民俗学研究。

水谷："我"的学弟。

鸟海：斋藤晴彦的女性朋友。

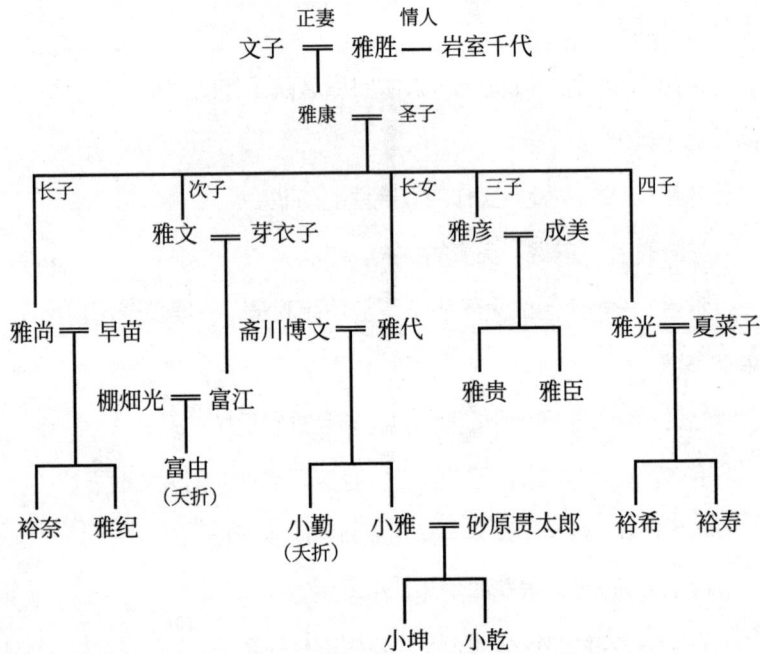

　　首先，我要声明，收集怪谈是我个人的爱好，以下的内容是我收集的怪谈及根据这些怪谈做的记录。并且，在这些记录中，我发现了一些奇妙的相似之处。

　　我并非通灵者，也不是研究驱魔师、寺庙主持、神社神官、民俗学者的专业人员，我是一名已在大学附属医院工作了九年的医生。不过，我从小就热爱恐怖故事。我的父亲也非常喜欢怪力乱神的故事和传说，我小时候经常听他讲述这些故事。在这样的熏陶下，我逐渐成为一个无法抗拒"恐怖"的诱惑的人。

　　我是一个纯正的恐怖故事迷，不止喜欢阅读恐怖故事，还喜欢看影视作品和漫画——斯蒂芬·金的经典小说《小丑回魂》的影视改编作品曾给年幼的我留下阴影，一度不敢独自入睡。日野日出志和伊藤润二等漫画家笔下令人反胃却又充满奇幻色彩的唯美世界也让我欲罢不能——但是在我看来，书籍始终是最适合我的载体。

　　我很快便读完了书房里"怪谈餐厅""学校怪谈"等系列的藏书，

前言

而后便如饥似渴地四处搜罗《新耳袋》之类的描述"真人真事"的恐怖故事。在拜读了贵志祐介的《天使的呢喃》之后，我的兴趣便转向了恐怖小说。我渴望的不单单是纯粹的恐怖，作品还要有精巧细致的完成度，要让我在读完后除了感到毛骨悚然外，还能获得一种类似快感的东西——换言之，我追求的恐怖既要有"实"，也要有"虚"。

平山梦明、恒川光太郎、道尾秀介，这些大师的作品无不让我沉醉其中。在这些恐怖小说中，我最喜欢三津田信三的作品，尤其是被合称为"家系列"的那三部作品。这个系列的故事讲述的是作家三津田通过各种门路搜集恐怖故事，而后经过他与责任编辑的一番研讨，居然发现这些故事都指向同一栋鬼屋。

得益于三津田下笔如有神的创作能力与渊博的知识，这些显而易见是"虚"的范畴的作品（毕竟属于小说类型），却拥有无比真实的力量，展现着"虚实相生"的独特魅力。

读完他的作品，我仿佛脱胎换骨。我开始收集真实的怪谈，希望自己也能像"家系列"里面的三津田那样，在搜集的过程中有所发现。

最初，网络是我收集怪谈的主战场，后来我转战职场，开始向同事请教。因为我在大学附属医院工作，这里简直就是这种故事的宝库，同事们也都对此见怪不怪。此外，我还经常能够从病人那里听到这类传说故事。在和病人培养互信关系的过程中，我自然而然地会聊到自己的兴趣爱好，病人知道我喜欢恐怖故事后也会时不时地向我提供一些素材。

"家系列"呈现给读者的感觉就像是把一部完整的电影拆解为一

个个支离破碎的片段,这种感觉正是我搜集怪谈的原动力。现在,我终于实现了这个愿望。

我现在撰写的这些文字,原本就是在网上流传的网络小说,因此不妨在此举一个例子。

某大型贴吧的"吓死人不偿命"(要不要来搜集吓死人的恐怖故事?)系列的帖子,想必五十岁以下的大部分读者应该都有印象吧?

其中,有一个堪称凡是浏览过"吓死人不偿命"帖子的人就不会不知道的故事,这个故事就是"扭来扭去"。据我推测,这个故事很有可能出自下面这个帖子。

- 212 姓名:你背后的无名氏……
- 发帖时间:2001/07/07 星期六 01:28

这是我弟弟告诉我的一个真实故事,据说是他的朋友A君的亲身经历。

A君小时候曾和哥哥一同前往乡下母亲的老家玩,那是一个阳光明媚的日子,户外绿油油的稻田生机盎然。

这样一个难得的好天气,奇怪的是兄弟两人全无外出游玩的兴致,于是便在家中消磨时光。

突然,哥哥起身走到窗边,A君也跟着哥哥来到窗前。

他顺着哥哥的视线看见一个人影，那人身穿一袭白衣（与窗户相距甚远，看不清是男是女），远远地站在那里。

　　A君心生疑惑，不明白那人在那里做什么。紧接着，A君发现那个白衣人开始扭来扭去。

　　"是在跳舞吗？"还未等A君细想，白衣人的身体已经变得七扭八歪，扭曲的程度完全超出了正常人的范畴。

　　扭啊扭，扭啊扭。

　　A君感到很害怕，于是问哥哥："喂，那是什么？哥哥，你看见了吗？"

　　哥哥也回答说"不知道"。

　　然而，哥哥在回答之后神情一变，似乎已经知道了那个白衣人的身份。

　　A君急忙追问："哥哥，你知道了吗？告诉我好吗？"

　　哥哥却闭口不谈："我是知道，但是你最好不要知道。"

　　那个白衣人究竟是谁？直到今天，A君依然被蒙在鼓里。

　　我对弟弟说："那A君再问他哥哥一次不就好了吗？"

　　不弄清楚这件事，总是让人感到心中不安。

> 没承想，弟弟这样说道："A君的哥哥，现在已经成了一个痴呆。"

在上述留言出现的几个月后，又出现了新的留言。

> ■ 212 姓名：你背后的无名氏……
> ■ 发帖时间：2002/03/21　星期四　04:17
>
> 　　这是我儿时回到位于秋田市奶奶家的时候发生的一件事。
> 　　我只有在每年的盂兰盆节才会回奶奶家，每次回去，我都会迫不及待地与哥哥跑去外面玩。
> 　　与繁华的城市相比，乡下的空气无比清新。我迎着凉爽的风，围着稻田与哥哥一起欢快地奔跑。
> 　　渐渐地，太阳越升越高，到了正午时分，凉风戛然而止。取而代之的是闷热的气息，让人感觉很不舒服。
> 　　方才舒爽的感觉瞬间荡然无存，我不禁大声抱怨道："已经够热了，怎么还刮热风呢！"
> 　　这时，我忽然发现哥哥一直盯着一个地方。他目光的落点，有一个稻草人。

我好奇地问哥哥："那个稻草人怎么了？"

哥哥回答道："我看的不是那个稻草人，是稻草人后面的东西。"

他的眼神愈发专注，我也更加好奇了，我顺着他的视线向田野里望去，果真看到了一个东西。

那是……什么呀。

虽然距离很远，但是我依稀能够看出那是一个有一人大小的白色物体，正在稻田里扭来扭去。

可是这一带都是稻田，附近不可能有人到这里来。

刹那间我心里闪过一丝疑问，但随即便自我宽慰似的说道："那是新型的稻草人吧？肯定是的！以前还没有会动的稻草人呢，肯定是哪户人家想出来的点子！多半是因为刚才的风一吹，它才动了起来！"

听到我无懈可击的解释，哥哥露出了释怀的表情，可是下一刻他又变了脸色。

因为风停了，而那个白色物体依然在扭来扭去。

哥哥用一种惊恐的口吻结结巴巴地说道："喂……还在动呢……那究竟是什么东西？"

终究还是架不住好奇心的驱使，哥哥回家拿来了望远镜。

哥哥有些亢奋地说："我先看看，你稍等一下！"

说罢便举起了望远镜。

可是片刻之后,哥哥脸色骤变。此时的他面色煞白,冷汗直冒,手一松,望远镜从手里掉到地上。

我被哥哥的反应吓坏了,但还是鼓起勇气问他:"你看到什么了?"

哥哥一字一顿地答道:"你、最、好、不、要、知、道……"

哥哥的声音完全变调了,随即失魂落魄地往家中跑去。

我立刻就想捡起掉落的望远镜,看一看那个把哥哥吓得面如土色的白色物体。或许是哥哥的话语还在耳畔回响,我终究还是有些胆怯。

可是那个东西让我百爪挠心一般。

远远看去,只能看到一个白色物体正在以诡异的姿态扭来扭去,怪是有点怪,但还算不上多么恐怖。

但是,哥哥他……

没办法,不看不行。我要亲眼看一看,究竟是什么东西把哥哥吓成那个样子。

我捡起地上的望远镜,把眼睛凑了上去。

正在此时,爷爷一副心急如焚的样子跑了过来,还没等我问他"怎么回事",他便一个箭步来到近前,冲我吼道:"不要看那个白色的东西!你看了没有!你用这个望远镜看了没有?"

我不知所措地回答说:"没……还没有。"没想到爷爷听到这句话以后居然如释重负般一屁股坐倒在地,放声大哭。

我稀里糊涂地回到家。

到家以后,我惊讶地发现大家哭作一团。

是因为我吗?不,不是。

我仔细一看,原来是哥哥正在一边狂笑,一边扭动身体,手舞足蹈,和那个白色物体简直如出一辙。

哥哥这副样子比那个白色物体更让我害怕。

到了回家那天,奶奶开口说道:"不如就把老大留在这里吧。那边地方小,过不了几天街坊邻居就都知道了……最好是把他留在这里,过个几年,就放他去田里……"

我听到后扯着嗓子又哭又叫。

哥哥再也不是以前的哥哥了,就算能在明年来奶奶家的时候见到他,他也不再是我的哥哥了。

为什么会这样……明明之前感情那么好,玩得那么好,为什么……

我拼命擦干眼泪,坐上车,离开了奶奶家。

一路上,我的眼睛就没有离开过望远镜。我期盼着

> 有一天哥哥能够恢复如初。我凝视一望无际的绿油油的田野，怀念着哥哥曾经的模样。我从望远镜里眺望着，回忆着我和哥哥的过往。
>
> （保留了原文中的着重号）

这篇帖子显然是从前一篇帖子里的"A君"的视角出发，讲述了同一个故事。

贴吧用户们把这个怪异的故事称为"扭来扭去"，而扭来扭去，也成为网络怪谈的代表作。

自此，贴吧里掀起了一阵热潮，很多用户都记述了有关"在乡下田野和河对岸看见的扭来扭去的人影"，甚至尝试锁定区域，考证其与怪谈之间的关联。用户们追根溯源，根据扭来扭去故事的脉络找到了一个地方（由于其与扭来扭去故事无关，在此不予透露，有兴趣的读者可自行查阅资料，想必别有一番趣味）。

这便是"将一部电影切分开来的感觉"。即使将其从互联网移植到书本中，这种感觉也依然存在。

我希望能够与广大读者一同分享这种妙趣横生的感觉。

读

木村沙织

"老师,您是一直在收集怪谈吗?"

在"圆桌会"上,由美子冷不丁地冒出这样一句。

"也算是兴趣使然吧,不过说'收集'有些言过其实了。"

圆桌会,是在社交平台邂逅的大学校友们组成的一个团体。大约三年前才第一次举行线下聚会,之后便时常相聚,东拉西扯地聊一些闲话。与会人员的年龄有大有小,职业也是五花八门。

我经常信笔涂鸦似的把恐怖故事画成漫画,在社交平台上用"木村纱织"的名字发表,没想到竟红极一时,还借着这阵春风出了一本书,于是乎,虽然我本人暗自惭愧,心中并不情愿,但仍有由美子这样的人称呼我为"老师"。

"您太谦虚了,老师您的漫画我爱不释手。您是把以前听过的怪谈改编成漫画了吧?"

"这个嘛……算是吧。"

回答时我面带愠色。这岂不是暗暗讽刺我的作品缺乏原创性吗?"

"哎呀,抱歉抱歉,您别往心里去。作为您的粉丝,我觉得就算是您听来的故事,能把它画出来、形成视觉效果,那也是一种翻天覆地的变化。"

我想要尽快结束这场对话,不耐烦地用手指敲敲桌子。可惜,对方显然不是一个善于察言观色的人,对于这般明示视若无睹。

由美子是一个比我大十岁左右的家庭主妇,为人热情友好,但是很没有眼力见儿。她和我都痴迷于恐怖题材,可谓是兴趣相投,然而就是这个由美子,惹得圆桌会成员当中一个出了名的好好先生再也不来参加聚会,自此所有人都和她划清了界限。我若是和这个人人都嫌弃的由美子聊个没完,恐怕大家也要对我敬而远之了,因此我想尽可能和她保持距离。

可是她今天有些反常,一举一动都透露着几分鬼鬼祟祟,时不时探头探脑,东张西望。

"我的意思是,我想给老师您提供一点素材。"

瞧她那一脸得意扬扬的模样。

不过,实话实说,我最近的作品遭遇了铺天盖地的差评——"又是复制粘贴炒冷饭""还不是抄袭之前的恐怖漫画?炒作起来的东西本来就是一堆垃圾"。我也正为此事大伤脑筋。

是的,简而言之,我江郎才尽了。哪怕是聒噪的女人,只要能给我提供素材,我都千恩万谢。

"您放心吧,我不要您什么好处。"

我按捺不住内心的焦躁。

"谢谢你,不过这个聚会上有些人害怕恐怖故事。你看要不咱们之后找个时间一边喝茶一边聊。"

"不——用,您不用费劲!"

由美子的脑袋摇得跟拨浪鼓似的,随后压低声音说道:"我回去以后用邮件发给您。想要让作品更上一层楼,您不得反复读个几遍嘛。我早就想到了,所以提前写下来,打包发给您。吓人得很呢!您可得赶紧看看呀。"

由美子欠了欠身,道了一声"告辞"便走出了店门,那一身格格不入的少女风衣服随着她的步伐摆来摆去。

To:	木村纱织老师
Cc:	
From:	由美子
Subject:	第一篇 某个夏日的回忆

橘雅纪是一名初三的学生。

那天,雅纪与他的父母、读高二的姐姐一同来到乡下的爷爷奶奶家。

夜里,雅纪忽然醒来,觉得口渴难耐。他起身打算去喝两口大麦茶。尽管正值盛夏,乡下夜晚的空气仍旧是凉飕飕的,走廊里甚至有几分寒意。

读　木村沙织

　　嘎吱、嘎吱、哗啦哗啦。

　　乡下的房子不但空旷，而且到处都跟要散架了似的，时不时发出这种令人胆战心惊的异响。天花板表面的大片污垢更是让夜晚显得格外阴森恐怖。
　　厨房离得很远，一个人去，要鼓起勇气才行。

　　嘎吱、嘎吱、哗啦哗啦。

　　可是雅纪犹犹豫豫地不敢叫醒睡在一旁的姐姐。他清楚地知道姐姐会是什么反应，一定会放肆地嘲笑他，说他都上初三了还怕"鬼"。
　　他好不容易鼓起勇气迈出一步。然而就在这个时候，前方长长的走廊里出现了一个发光的白色物体，一会儿上下拉长，一会儿左右延展，不断变换着形态。
　　"啊！"一声惊叫几乎是破口而出。
　　他心说"糟糕"，可是为时已晚。那个白色物体以迅雷不及掩耳之势扑了过来，电光石火之间，居然幻化为人形。
　　雅纪两条腿就像扎了根似的动弹不得，想要逃却逃不掉。
　　"转回。"白色物体在他耳边留下一声低语，一眨眼便消失不见了。直到这时他才哭出声来。

闻讯赶来的家人们安抚着雅纪，走到白色物体出现的地方查看。那是一间闲置多年的储藏室。

"哇啊！"

突然，姐姐发出一声尖叫，父亲也皱起了眉头。一股像食物腐败的恶臭气味扑鼻而来。

大家打开灯，开始寻找臭味的来源。酒壶、盘子、米、镜子——还有一个不知道放了多少年的神龛。

据说事情过去一个月以后，雅纪的奶奶去世了，爷爷也变得疯疯癫癫。

雅纪查了一下"转回"的意思，这才恍然大悟。

"老——师！怎么样？您看了吗？"

发来邮件的第二天，由美子便迫不及待地在 Skype① 问道。她那嗲兮兮的声音一如既往地令人讨厌。

"谢谢你的来信。我只看了第一篇。"

这也情有可原。由美子是一个家庭主妇，但我是有本职工作的。在社交平台连载漫画归根结底也只是副业，说白了就是一种兴趣爱好。

"哎！您快点看嘛，又没有多长。对了，您看了以后觉得怎么样？"

"啊，这个嘛，恐怖当然是很恐怖……但是实话实说，很一般。我对类似内容的真人真事怪谈实属司空见惯了。"

主人公在乡下看到某种神秘的白色物体，之后便连遭横祸。这

---

① 一款即时通信软件，具备视频聊天、多人语音会议、多人聊天、传送文件、文字聊天等功能。

不就是"扭来扭去"套路的网络恐怖故事吗?

"还有最后的'转回',爷爷奶奶的不幸……转回,是方言里'回去'的意思吧。总之就是因为人们没有恭恭敬敬地供奉神龛,神明愤而离去,随后人们就接二连三地遭遇不幸,多少有些说教的意味呢。"

"救命!"

由美子突然大声呼救。

"出什么事了?"

"哎,没事了,没事了。刚才有只虫子飞了进来,已经被我打死了,没事了。"

"虫子……真的没事吗?"

她异乎寻常的叫声不免让人有些担心。

"……没事的。对了,老师,您看的只是一个开头。"

由美子有些刻意地发出"嘻嘻"的笑声。

"您快点看完嘛,看完以后您就知道恐怖在什么地方了。我很期待老师您的读后感呢!"

To:	木村纱织老师
Cc:	
From:	由美子
Subject:	第二篇 某个少女的告白

"阿松好聪明啊。"从东京来的妙子老师总是这样说。

"阿松应该去念更好的学校。"妙子老师说着还会摸摸我的头。

我最喜欢妙子老师了,她漂亮聪明,周身散发着一种蜂蜜般香甜的气息。只有妙子老师会夸我。

我不但喜欢妙子老师,也很喜欢上学。别的孩子喜欢弹弹珠、玩娃娃,看冒险小说和漫画,但是在我看来,研究数字和图形比这些有趣得多。

我每次考试都是满分,可是,爸爸一看到我考满分,就会甩手给我一个耳光。

"女子无才便是德!"说罢还会把试卷揉成一团,扔在地上踩上几脚。

"分数高有个屁用!瞧你长得这个德行,有学习的工夫还不如好好学一门女红!"

我讨厌爸爸,他嫌弃我长得不好看,稍有不慎,他就会劈头盖脸地揍我一顿，而且打起我来一点也不心疼。爸爸体格健壮，力气也大，被他揍完后，脸要好长时间才能消肿。

每当看到我的脸肿起来，阿丰姐姐都会幸灾乐祸地讥笑道："阿龟这下子真成阿龟了。"

阿丰姐姐是十里八乡首屈一指的美女，但是我讨厌她，因为她总是叫我"阿龟"，"阿龟"就是丑女的意思。

我也讨厌妈妈，妈妈张口闭口就是："阿松这丫头长得这么丑，真是可怜。"她只喜欢阿丰姐姐。

每次被爸爸骂了，我就会躲进储藏室看《小黑炭》。我对漫画没什么兴趣，唯独喜欢看《小黑炭》。因为以前妙子老师给我们念过一篇大人看的杂志里的报道，讲的是《小黑炭》的作者田河水泡。

小黑炭真正的名字是流浪狗黑吉，它无父无母，无家可归，是一条非常可怜的小狗。然而流浪狗黑吉并没有因此气馁和消沉，就像那句格言所说——"艰难困苦，玉汝于成"，无论遇到多么痛苦、多么伤心的事情，小黑炭都能咬紧牙关，永远保持开朗的心态，精神焕发地摇着尾巴。

当然，小黑炭不想永远当一只流浪狗。虽然它只是一只连名字都没有的流浪狗，但这并不妨碍黑吉奋发图强，立志要成为世界第一的名犬。

小黑炭给了我勇气。即使全家人都瞧不起我，总有一天，总有一天我要让他们刮目相看……

　　"我要成为妙子老师那样独当一面的职场女性"——这个愿望在我心里生根发芽，一天天茁壮成长。我听说妙子老师是从东京的女子高等师范学院毕业以后当上的老师，妙子老师也说过，职业女性在东京比比皆是。

　　不知不觉间东京成为我憧憬的地方。在那里，女人不会因为"头悬梁，锥刺股"而遭人白眼，女人在外工作也不会被人议论纷纷。我恨不得马上长出翅膀飞到东京去。

　　有一天，妙子老师的弟弟来到了村子。妙子老师的弟弟长得和她很像，是一个眉清目秀的美男子。只要他一出现，阿丰姐姐，乃至全村的年轻姑娘都会按捺不住内心的激动尖叫出声。妙子老师的弟弟对每个人都笑脸相迎，似乎并不知道自己已经成为姑娘们的焦点。

　　我听说妙子老师是一位上校军医的千金，她的弟弟总有一天会成为一名军医科的军官，他迟早会把妙子老师带回位于东京的老家。

　　妈妈说过，年轻貌美的城市姑娘本身就和这种穷乡僻壤格格不入，如果一直待在这里，妙子老师势必会孤独终老。我心里明白，可还是舍不得妙子老师。我越想越伤心，眼泪止不住地往下流。

老师听到我孩子气的话语，轻轻地抚摸我的脸颊，说道："正好我弟弟想带一个女人回东京，我和他说一声，说不定阿松也能跟我们一起走呢。"

我听罢高兴得跳了起来，满脑子都是自己在东京富丽堂皇、犹如梦境一般的豪宅里，和妙子老师亲如姐妹，肩并肩坐在书桌前学习的画面。

之后又过了一段时间。有一天，我刚放学回家，妙子老师的弟弟就敲开了我家的门。我克制着内心的喜悦，三指着地向他行礼①，竭尽所能地展现出自己温良贤淑的一面。

"府上可有一位名叫阿丰的女子？"妙子老师的弟弟嗓音清亮地问道。

"我就是。"阿丰姐姐拿腔作调地回答道。

"啊，真是可爱动人呢。"

妙子老师的弟弟对着阿丰姐姐细细打量，露出了微笑。只是那笑容看上去冷酷无情，与他平时面对姑娘或孩子们时微笑的样子判若两人。我心里一惊，不敢再抬头看他的脸。

---

① 是一种日本礼仪，通常由女子在正式场合使用，表示问候或致敬。

妙子老师的弟弟递给阿丰姐姐一支玳瑁发簪，说是进口来的好东西，让她插在头发上，随后就离开了。

　　从那以后，直到妙子老师的弟弟返回东京，阿丰姐姐每天晚上都会打扮得花枝招展地跑出门去，不知道是干什么去了。

　　差不多是妙子老师的弟弟回东京后的两三个月吧。这天，妈妈在给火盆点火，我在一旁专心致志地看着妙子老师借给我的书。忽然响起一阵"踢嗒踢嗒"的脚步声，紧接着阿丰姐姐跑了进来，看她的步伐，哪里还像一位妙龄少女。如此说来，最近我总觉得阿丰姐姐的肚子胖了不少。我正瞎琢磨着，阿丰姐姐已经凑到妈妈耳边，嘀嘀咕咕地不知道说了些什么。只见妈妈满心欢喜地一跃而起，当即宣布晚上要庆祝一番，就连动辄大发雷霆的爸爸也是乐不可支。亲朋好友连同村子里的人们纷纷前来祝贺阿丰姐姐。不愧是阿丰啊，要不说还是得看咱们村的西施，厉害厉害、了不起了不起……所有人都对阿丰姐姐赞不绝口。

　　"我就要成为大户人家的太太了。"

　　阿丰姐姐笑得合不拢嘴。她看见我要起身方便，生怕来不及似的揶揄道："要是你能长得再好看一点，倒是可以给我当个女仆呢。"

后面发生的事情我就记不太清楚了。反正等我回过神来时，手里攥着的正是那支已经碎成片的玳瑁发簪。

　　第二天，阿丰姐姐红着眼睛翻找着什么东西，又像厉鬼一样冲上来逼问我："你弄到哪里去了？"

　　我回答说不知道。阿丰姐姐不依不饶地扇我耳光，用脚踹我。她不停地踹啊踹，我却强忍着不让自己笑出声来。

　　阿丰姐姐凶神恶煞般的举动连妈妈都看不下去了，慌忙上前护住我，对阿丰说："你再怎么打阿松也没用啊。"

　　是我最先发现阿丰姐姐吊在了房梁上。

　　雪白的肌肤已经变成了煤黑色，眼珠像小鹿似的向外突出。姐姐的尸体一晃，那一头披散的乌黑亮丽的长发便会在空中飞舞，大便小便顺着衣带滴里嗒啦地淌得满地都是。

　　爸爸酗酒的毛病比以前更严重了，成天到晚鬼哭狼嚎。妈妈跟丢了魂一样，整日呆呆地望着阿丰姐姐的和服，就好像阿丰姐姐已经不在了似的。

　　可是阿丰姐姐明明还活得好好的。

半夜，那张吊在天花板下面，眼珠爆出，舌头伸得长长的脸还在笑呢，而且今晚我也听到了阿丰姐姐的衣带刮擦地板的声音。

阿丰姐姐还活着。

所以我没错。

手机突然振动起来,吓了我一跳。我看了一眼,发现来电的是由美子。

"老师,您看完了吗?"

距离我说"看了一篇"才刚刚过去一天,这个欧巴桑①是真烦人。

"啊,看了,不过才看到第二篇。我也要上班的嘛。"

由美子似乎完全没有听出我发自肺腑的厌恶,手机里传来一阵刺耳的笑声。

"老师您呀,看得也太、慢、啦。对了,您有什么感想吗?"

"这次故事背景是在大正时代,哦不,既然提到了小黑炭,那应该是昭和初年的乡下喽。还是很有看头的,独白形式也挺好的,是由美子你原创的吗?写得很棒啊,由美子很擅长写恐怖故事嘛。"

"哪里哪里——我和老师您不一样,没有那个本事。"

---

① 是日语的直接发音,原意是大嫂、阿姨,泛指中老年妇女,引申义有贬义。

我故意装作没听见由美子的假客气，继续说道："标题倒是对仗工整，不过这四篇都是零散独立的故事吧？足足有四篇呢，写起来很不容易吧？"

"这都是无关紧要的。"手机对面的声音十分低沉，"别管有几个故事了。你先全看完了再说，赶紧全部看完。"

"啊？"

突如其来的强硬口吻和完全不像由美子的骇人嗓音让我心中产生了一丝不悦，但更多的是震惊。

足足十秒左右的沉默过后，我小心翼翼地试探着叫她："由美子？"

"对不起啊，我嗓子有点不舒服。"

听到熟悉的嘹亮嗓音，我悬着的心放了下来。这声音虽然刺耳，但总好过刚才那种恶狠狠的语气。

"可不是什么零散的故事哟，是一个完整的故事呢。"

还未等我开口询问，由美子直接挂断了电话。

临了还丢下一句"请您赶快看完呐"。

To:	木村纱织老师
Cc:	
From:	由美子
Subject:	第三篇 某个学生社团的日记

8月8日

　　参加东日本医科学生综合体育大会①的学生辛苦了！尽管有些人可能要因此而补考了（笑）。

　　我们高尔夫球社大五的学生们，现在来到了■■县■■市。六年级的学长学姐们也请暂时忘却国考的烦恼，尽情享受我们的旅行吧（笑）。

　　提到■■县，大家的第一反应肯定是橘子吧？这样的话会被小庆嘲笑的哟。因为还有鲷鱼饭、章鱼饭、拉面……总而言之，美味的食物数不胜数！

　　今天就到此为止，明天继续更新吧！

奈津子

---

① 以"东医体"之名而闻名的东日本医科学生综合体育大会，其前身也被称为关东医科学生综合体育大会（1957年由庆应义塾大学医学部主办）。从1958年第一届大会（东京大学医学部主办）到第54届大会为止，每年都照常举办。

8月9日

　　今天去河里玩。我们都二十多岁了,一个个却还是高兴得像小学生(笑)。

　　谁让钓鱼这么开心!水也那么干净,都可以直接喝。乡下的夏天最棒啦!我老家虽然不是乡下的,但对乡下总有一种说不出来的亲近感。

　　痛痛快快地玩了一场,我们吃着从便利店买来(←别去便利店)的饭团,忽然看到有个东西坐在木板上从上游漂了下来。爱子说那是姬达摩,一个劲儿说好可爱好可爱。不过那可是正经八百的日式人偶,不能乱动,我们把它放回河里,任由其向下游漂去。

　　后来爱子忽然说:"摸了姬达摩之后就感觉背后凉飕飕的。"我们管她叫"通灵少女",还有人笑话她,说只有初中生才相信这些东西,还不赶紧毕业(笑)。只不过是河水太凉了而已(笑)。

　　当然,要是感冒了也不是什么好事,于是我们就去泡温泉了。

　　　　　　　　　　　　　　　　　信二

8月10日

　　爱子果然感冒了，都怪她昨天玩得那么疯。当医生的人自己却不注重养生，这可不行呀！

　　今天要去陶艺教室，这个安排真不错！就算是感冒也不会影响到我们。

　　说实话，我本以为陶艺会很无趣，没想到让人欲罢不能，做坏了马上就能重新开始。

　　让我惊讶的是奈津子做了一个姬达摩。昨天还说什么"好可怕""会做噩梦"，眼下居然一副若无其事的样子 w[①]。

　　奈津子嘴上说"哎呀——我本来没打算做这个"，可是如果随便做做都能做得这么好，她还不如干脆退学，去做专业的陶艺家呢 w。

　　陶艺老师都难以置信地询问她是怎么做到的。

　　你的手真巧啊，很适合当外科医生哎。

　　回到旅馆以后，爱子的身体似乎还是不太舒服。我有点不放心，问她明天要不要休息一下，她说她不敢一个人留在旅馆里。看来她真是被姬达摩吓坏了。

　　可是我们明天就要去摆满了姬达摩的神社了，爱子

---

① 是一个网络用语，表示微笑、高兴、喜悦之类的表情，使用的人群通常为日本的青少年等喜欢动漫的人。其用法类似于一种符号，多用于句尾。

读　木村沙织

你能行吗？

庆一

8月11日

早在公元 4 世纪的时候，神■皇后御驾亲征，在奔赴疆场的途中，曾在■■温泉停留些许时日，也正是在那里怀上了■神天皇。之后她仍然坚持身披铠甲，英姿飒爽，不畏艰辛和厄运，奋不顾身地与敌人激战，最终不负众望，完成使命。美丽又英勇的皇后在筑前国[①]产下■神天皇。为了纪念、追思■神天皇刚刚降生时被包裹在大红色的纯棉褪袄中惹人爱怜的模样，人们便创造了青丝似锦、优雅绰约的姬达摩。

这个玩具象征着虔诚的信仰，据说把它放在孩子身边，孩子就能茁壮成长，把它置于病人身旁，病人很快就能康复。

可是，当实物出现在我们面前时，我们不禁愕然无语。它和传闻大相径庭，它长着牙齿，那双冒着金光的眼睛直勾勾地盯着我们，眼下也是，在地上爬来爬去。

[①] 是日本古代的一个令制国，位于西海道，又称筑州，古称筑紫前。

这种东西怎么会是护身符呢？护身符又怎么可能用这种眼神瞪着我们？爱子为什么要管这种东西叫作姬达摩呢？她该不会是弄错了吧？是弄错了吧？肯定是弄错了吧？就是弄错了，看啊，它现在还在盯着我们，爬来爬去。

8月12日

今天是期盼已久的漂流！这可是大家都非常期待的活动，每个人看起来都很开心。

你知道吗？河里其实漂浮着许多人的魂魄，漂来漂去，整条河里都是，就像要溢出来了似的。厉害吧！这是瀑布的生命力！生命力！

小婴儿尤其可爱呢，我也很喜欢小婴儿。

对啊，你为什么不笑呢？你不能不笑啊，你这个贱女人，贱人贱人贱女人，不知廉耻的贱女人。

奈津子凭什么用"小庆"来称呼庆一这明明是我和小庆之间的专属称谓下贱的奈津子既然这么叫了背地里她肯定这样干了不知道多少次瞧她那浪荡得没边的表情你们骗了我害我的小婴儿没了。[1]

---

[1] 爱子在写这段话时处于精神失常的状态，故此无标点。

你为什么不笑呢笑啊贱女人贱人贱女人。

我弄错了，小婴儿还在（笑）。

尽管是在夏天，水仍然是冰冰凉凉的呢（笑）。

橡皮艇在半道翻了。奈津子，你是不是胖了？

没关系，河里漂着的还有很多呢。

爱子

8月13日

务必要铭记在心的7个词语。

丰收

婴儿

神明

天花板

医生

杀婴

达摩不倒翁

四

仿佛是在等我一般,我读完这篇文章的那一刻,立即就接到了由美子的来电,我甚至怀疑她在某个地方监视着我。

置之不理恐怕也不能让由美子放弃,我接起电话。

"老师呀,看、完、了、吗?"

"看完第三个了。这应该是博客的链接吧,我没有多想就点进去了,还有些后怕呢,万一是病毒可就遭殃了。"我故意用一种轻松幽默的语气说,可是电话那边鸦雀无声,由美子似乎在等待我的感想。

"这篇故事是由美子写的吗?博客的形式显得更加真实,读起来令人毛骨悚然,还附上了照片。只是剧情发展过于唐突,很多地方看得人云里雾里,比如,奈津子从爱子那里夺走庆一,导致爱子堕胎,这份仇恨让爱子精神失常……这部分我能看懂,但是我没看明白姬达摩这个主线的含义,以及最后七个词语和姬达摩的关系。"

"您真的没看明白吗?"

由美子冰冷而又瓮声瓮气的嗓音让我感觉后背仿佛有虫子在爬。

"这个玩具象征着虔诚的信仰,据说把它放在孩子身边,孩子就能茁壮成长,把它置于病人身旁,病人很快就能康复。"

"是的,这是文章里对姬达摩的介绍。出于好奇,我查阅了一下资料,发现它是爱媛县的民间艺术品。有些长得很可爱,但确实给人一种阴森可怖的感觉。"

"丰收婴儿神明天花板医生杀婴达摩不倒翁,您居然连这都不知道,真是让人笑掉大牙。"

"喂,由美子,你怎么能说这种话?"

我似乎是想用愤怒掩饰恐惧,将心里话一股脑地抖了出来。

"有些话在心里想想就算了,非要说出口吗?由美子,有时候你是真的不会看人脸色,净说些别人不爱听的。看在你是我为数不多志趣相投的朋友分上,我才一直忍到现在,但是我的忍耐是有限度的。"

"……对不起,老师,请您原谅我。"

由美子急忙赔礼道歉。我说话或许也有些过分,就算对方出口伤人在先,我也不该这样睚眦必报。

"那……那个,老师,我只是想提醒您,这其实是一个完整的故事。"

"原来如此,是这种形式的故事呀。我也很喜欢推理小说,我会努力解谜的。"

也许这个故事并非真实存在,而是由美子虚构出来的。她如果想要发表,何不直接去小说网站投稿呢?她该不是想让我这个难得一遇的恐怖故事同好者做她的第一个读者吧?这样一想,我内心的反感顿时烟消云散了。

"知道这是完整故事以后,就能读出里面的趣味了呢。"

"是的呢。那我就看到最后再向你核对答案吧。"

"等您的好消息喽。"

由美子挂断了电话。最后一刻还不忘提醒我说"一定要看完这个故事呀"。

To:	木村纱织老师
Cc:	
From:	由美子
Subject:	第四篇 某个民俗学者的手记

我曾在■■县■■逗留过一段时日,和当地人深入交流,体验那里的风土民情。

初到此地,我便发现了一个令人颇感惊讶的现象——这里的孩子几乎从不生病。以我的经验,这个年龄段的孩子日常有个头疼脑热应该是很常见的。我对此产生了浓厚的兴趣,想要探究一下这一现象背后的原因,看一看是遗传基因还是外界的营养因素。

(中略)

此外，■■还有另一个引人注目的现象，就是家家户户都严格遵守独生子女的制度，无论男孩女孩，每个家庭都只有一个孩子。当我向村民提起自己有"两个哥哥、三个妹妹"的时候，他们都流露出难以置信的神情。

当然，我明白，他们之所以实行独生子女制度，实属被逼无奈。

饥荒频发，耕地资源短缺，这些现实问题势必让农村人产生控制人口数量的理念。

据■■当地人说，每每遇到严重饥荒，初秋时便会出现因饥饿而死的人，到了连野果野菜都找不到的雪季，就会有更多的人因为找不到吃的而被活活饿死。在饥荒发展到不得不吃尸体的极端情况时，为了挽救更多的生命，人们就只能采取杀掉新生儿来填饱肚子的手段。

（中略）

所谓杀婴，并不是什么堕胎手术，而是一种更加凶残露骨的方式。

■■居民时常请求镇上的医生开具死亡证明，不过大多数情况下医生都会拒绝。

（中略）

我在■■居住了三年之久。

那是我最难以磨灭的一段记忆。那天我沿河漫步，在一个名叫"阿丰渊"的地方看到了一座简陋的小屋，屋墙上不知被何人画上了一幅色彩浓艳的骇人壁画。

画中是一个女人，她像般若一样披头散发，面目狰狞，正在撕扯婴儿的四肢，吞食婴儿的内脏。恰逢朦胧的夜幕降临，女人的脸在河面上若隐若现，一股腐臭味扑面而来（这条河的水里含有大量硫黄），令人肝胆俱裂。

这幅画的含义不言而喻，我心中愈发感到悲痛。

走进小屋，屋内竟比想象中宽敞，地板也铺得严丝合缝。

最深处，是一座神龛。

我不经意间抬头望去，只见天花板上有一块巨大的污渍，不禁让人联想到伏见城的血色天花板。

伏见城沦陷之际，奋战到最后一刻的鸟居元忠等三百八十余名士兵，齐聚伏见城的"中殿"，杀身以成仁。

将士们自戕的现场可谓悲壮惨烈至极，地板上血流成河，即便战后一再清洗刮铲，血污依旧无法清除。

德川家康得知此事后，为了安抚包括元忠在内的士兵们的在天之灵，下令拆除地板，不但颁布"从此以后不得再将其铺于地上"的禁令，而且之后还把这些带血的地板送至养源院等寺庙，用作殿堂的天花板。

我妄自揣测，这间屋子里并非只有因饥荒而丧命的婴儿，还供奉着因为其他类似的人间悲剧而离世的人。

我情不自禁双手合十，向神龛顶礼膜拜。

（中略）

我的想法真是大错特错。

我曾以为这里供奉的是死者。

这里不是没有生病的孩子，是生病的孩子都没了。

当我发现真相以后，我便试图从科学的角度，不，从伦理的角度动之以情晓之以理，可最后我发现，这仍然是我的妄想。

从深渊里向我爬来的女人摧毁了我多年来信奉（我只能这样表述）的实用主义。

那幅壁画并非悼念某些人的艺术加工，它真实地记录了所发生的一切。

（中略）

我决定离开■■。

尽管这里人与人之间的温情和好不容易适应了的田园牧歌让我留恋，但是她在丰渊待得不耐烦了，她要来

> 找我了,看来婴儿已经不能满足她了。
>
> 　　为了防止有人在读完我的手记之后一时冲动来此地探险,我隐去了地名。

五

读完第四个故事,我看了一眼表,发现早已超过了平常由美子给我打电话的时间,然而手机和 Skype 都没有动静。

过去我总觉得她的电话让人心烦意乱,这会儿却按捺不住和她交流的欲望。

起初,我以为这不过是标题相似的几个怪谈的集合。但是在读完了四个故事之后我如梦初醒。原来这是一部伏笔逐渐收束的恐怖推理小说。

《某个少女的告白》当中那位名叫"阿丰",也就是遭受妹妹背叛而上吊自杀的女性,是这一系列故事的关键人物。

如果按照时间顺序排列这四个故事,大概是这样的:

《某个少女的告白》→《某个民俗学者的手记》→《某个夏日的回忆》→《某个学生社团的日记》

阿丰死后化为怨灵。或许是因为她离世时怀有身孕，她对孩子充满着强烈的执念与嫉妒心理。《某个民俗学者的手记》中出现的壁画，描绘的就是阿丰的怨灵吞噬婴儿的场景。这个怨灵极其强大，甚至人们要以它的名字将那个地方命名为"阿丰渊"。村民们为了镇服它，不惜将自己的孩子活生生地献祭给它。也正因为被献祭给了阿丰，每个家庭才只有一个孩子，村里也没有生病的孩子，而且村民还建造了一个类似祠堂的场所放置神龛。

《某个夏日的回忆》里提到的恐怕正是这个神龛。或许是神明听到了他们的祈求，灵异现象（也可以说是怨灵作祟）才得以平息。然而，也不知道是人们好了伤疤忘了疼，还是时过境迁物是人非，人们忘却了这一切的由来，总之对神龛的态度有所怠慢，结果神明拂袖而去，怨灵再度兴风作浪。

在《某个学生社团的日记》中，学生社团造访的地方就是阿丰渊。恰逢其时，社团内的一名学生（爱子）由于三角恋而堕胎，从而受到了阿丰的影响。在读完这四个故事之后，最后要铭记在心的那七个词语也可以给出多种解读。

丰收：很可能就是阿丰。
婴儿：阿丰死去的孩子，也可能是被她吞噬的孩子。
神明：镇服灵异现象但后来被人们抛弃的神明。
天花板：结合《某个夏日的回忆》《某个少女的告白》《某个民俗学者的手记》中提到的线索，阿丰上吊时污渍斑驳的地板，后来成为祠堂的天花板，也就是少年爷爷奶奶家的天花板。

医生：阿丰腹中孩子的父亲，杀婴的医生，乃至《某个学生社团的日记》中登场的所有学生都是医学生。

杀婴：字面含义。

达摩不倒翁：可能指的是寓意孩子健康成长的姬达摩，也象征着四肢残缺的人，也可能是被阿丰扯掉四肢的孩子。

正如由美子所说，所有故事环环相扣。作为一部恐怖推理小说，它的脉络是不完整的，完成度并不高，但考虑到由美子初出茅庐，而且平时并不进行创作，能够写出这部作品，实在是难能可贵。不完整的部分也可能是刻意为之，以便在分享感想时引发更为热烈的讨论。在我看来，恐怖故事的魅力之一就在于内容扑朔迷离，这部作品很符合我的胃口。

我急切地想要向由美子求证自己的猜想，甚至想主动打电话给她，可是这个时间再给别人打电话就显得太不礼貌了。

正当我打算明天早晨给她发个消息的时候，门口的对讲机响了。

六

这么晚了，不可能是快递员。我疑惑地走上前去，只见屏幕上赫然出现一个女人的面部特写。

我惊叫一声，连连倒退。

在这个过程中，对讲机仍在响个不停。

我受不了这种没完没了的刺耳的噪声，于是谨慎地打开麦克风，询问对方是何人。

"老师，您在家吧？"

是由美子。

"在家的话请快点让我进去。"

由美子用机械的语调说道。

我后悔把手机放在了厨房。或许是因为刚刚看完恐怖故事，我心里七上八下，生怕是幽灵之类的东西上门骚扰，可是转念一想，能在这个时候跑到别人家门口的人，才更加不正常、更加危险。况且——

"由美子,你怎么知道我住在这里?"

"哈、哈、哈。"

由美子笑了起来,对着屏幕亮出她黑洞洞的嘴巴。

"这种小事不用介意吧?先让我进去吧。您一定还没看完吧。"

"这怎么能不介意!"

这个女人太怪了。我心里清楚,不能随便刺激她,但还是因为恐惧和愤怒不由自主地提高了嗓门。

"我有话直说了,你这人太不正常了吧,你大费周折地跑来我家一趟,就是为了来看我有没有看完你写的小说吗?这是正常人能干出来的事吗?我要报警了!"

"就是因为你没看完我才来的啊!!!!"

话筒都被震得嗡嗡作响。由美子将脸贴近镜头,使劲瞪着眼睛,眼眶似乎都要裂开了。

"就是因为你没看完,我才要这样絮絮叨叨地活着,我来让你看完吧,我来让你从头看到尾吧,快看啊,看完啊,看啊、看啊、看啊、看啊看啊看啊看啊看啊看啊看啊看啊看啊看啊看啊看啊看啊看啊看啊看啊看啊看啊看啊!"

由美子一边前后摇晃着脑袋,一边不住嘴地吼着"看啊"。从玄关处传来一声沉闷的声响,似乎是她的头撞到了门。我和她只隔着一扇门板,我担惊受怕,不知她接下来还会做出什么事情。就算要报警,也必须先设法让她冷静下来。

"已……已经看完了。"

我拼命从嗓子眼里挤出一丝声音。

"我已经全看完了,我也明白你说这是一个完整的故事是什么意思了。故事非常有趣,你很有才华。"

"什么?"

由美子突然停了下来。

"你全都看完了?"

"是的,我全都看完了。故事讲的是阿丰作祟……"

"你可别想骗我!"

由美子的目光似乎要穿透屏幕,死死地盯着我。

"既然你全都看完了,那为什么一切还都是老样子!"

她的声音仿佛来自地底。

"都怨你!是你规划的吧,■■旅行。"

听到■■,我的记忆忽然被唤醒了。去年"圆桌会"旅行的组织者确实是我。在选择旅行目的地的时候,我充分考虑了性价比,最终选择了又便宜,还有温泉和各类活动设施、老少咸宜的■■。

刹那之间,一连串的词语像过电一般穿过我的脑海:

鲷鱼饭、章鱼饭、拉面、漂流、硫黄气味、姬达摩。

难道,我们旅行的地方■■是——

"就是因为去了那种地方,我才查了一下,看了一下。从那以后就看见了躲也躲不掉不停地爬不停地往外涌一直盯着我看的东西。我到底该怎么办?为什么你没事?为什么啊?为什么?你不也看了吗?你没看对吧?所以你才像个没事人似的吧?你看不到也听不到吧？都怨你还不赶紧……"

声音戛然而止。由美子紧贴着对讲机，眼睛一眨不眨，眼珠微微抖动。

"来！了！"

突然，她的身体高高跃起，悬浮在半空之中。胳膊扭曲着伸向不同的方向，整个人狂乱地颤抖，如同一个坏了的提线木偶。

嘎吱、嘎吱，哧啦哧啦。

我感到自己的肩膀似有千斤重担。肺部仿佛受到压迫，不能顺畅地呼吸。我两腿发软，但视线无论如何也无法从对讲机上移开。

嘎吱、嘎吱，哧啦哧啦。

由美子的手脚扭曲到了极限，接着被撕扯成无数碎片。现在的她就像一个达摩不倒翁。

最开始是腹部，随后是胸部、脖子。伴随着骨头折断的声音和让人忍不住想要捂住耳朵的咀嚼音，变成达摩不倒翁的由美子一点点地消失了。

对讲机的屏幕里已经空无一物。我瘫倒在地，怎么也站不起来。

七

不知道过了多长时间，对讲机忽然又响了起来。我条件反射似的一下子按开了麦克风。

但愿由美子没有离开，然后亲口告诉我一切只是一场恶作剧。倘若果真如此，我不但可以对她的骚扰行为既往不咎，还可以和她畅谈恐怖故事。

然而事与愿违。屋外天色大亮，来人只是一个普普通通的快递员。当我用颤抖的手接过年终礼品——橄榄油的时候，曾有过几面之缘的快递员还关切地对我说："你的脸色很差。"

而后，我开始复盘昨晚的经历。那可能是我深夜读恐怖故事之后做的一场噩梦，否则家门口发生如此惨状，怎么会没有一丝一毫的痕迹呢？因此，我得出了结论——那些都不是真实发生的。

到了新一期的"圆桌会"时，由美子并没有露面。大家都认为我与她关系最为亲密，因此纷纷前来问我"由美子为什么没来"，而我同样一无所知，没有办法回答。后来众人又你一言我一语地议论了几句由美子的坏话，很快便聊起了其他更有趣的话题。

那段时间，我害怕一个人过夜，到了晚上就会关闭对讲机，还多次让弟弟或男友来家中陪伴。不过随着那种恐惧渐渐退散，如今我又能看着恐怖电影入睡了。

最终我也没有将这个故事改编为漫画，更加坦率地说，今后我应该也不会再涉足漫画创作了。

尽管我至今仍然对怪谈类的故事充满兴趣，但若要将其漫画化，就必须深入探究、分析故事的来源，而这无疑会让生活遭受光怪陆离的侵袭。

常言道"多行夜路终遇鬼"，我已经承受不了这种恐惧了。何况我的漫画作品只是在社交平台上昙花一现，我的水平尚不足以成为专业的漫画家，我也不打算以此为生，因此我决心回归普罗大众的身份。古人有云，君子不立危墙之下。

从那以后，我便和由美子失去了联系。我一度怀疑那个故事本身也是一个幻觉，但她撰写的故事依然保存在我的收件箱中。

大约一周后，我收到了一封邮件，主题是"某个达摩不倒翁的始末"，发件人是一个陌生的邮箱地址，但是我没有点开，就直接将其删除了。

最后，为了避免麻烦，我还是决定不透露■■旅行的具体地点了。

＊＊＊

上述是我的网友木村女士（化名）的真实经历。我十分欣赏她的漫画作品，是她的粉丝，利用评论的机会与她结识。

她确实出版过一部恐怖漫画作品，而且也的确就此封笔。

"反正我已经不打算画画，也不想再发表作品了，所以这些画就任由你处置吧。"

某天，她出人意料地把分镜形式（大致呈现漫画的镜头设计、构图、台词及角色的草图）的漫画稿寄给了我。

我心怀感激地收下了，并且进行了适当修改（文中提到的"圆桌会"等均为化名），将其改编成文章。

可是，看着这些已经细分为分镜的珍贵画稿不能成为成品，多多少少令人惋惜。我向她表达了这种想法，她的脸上却蒙上了一层阴云。

"太危险了。"她如是说道。

据说由美子消失以后，她还是时不时能听到墙壁发出吱吱嘎嘎的声响。

我宽慰她说这肯定是知道太多恐怖故事引起的幻觉，但对于目睹他人惨死在自己面前的人来说，这样的安慰或许是苍白无力的。

她回答说："我家是新房子，可是每天都能听到嘎吱嘎吱哧啦哧啦的声音。"即便是崭新的房子，昼夜温差变化也同样经常出现异响，只不过这响声恰好与故事中的"嘎吱、嘎吱，哧啦哧啦"相似罢了。

读　木村沙织

　　我当然同情木村女士的遭遇，但我虽然是一个恐怖故事迷，却始终不相信这种神鬼志怪的事情。

　　患有精神分裂症或路易体痴呆①等病症的患者，经常会宣称自己看到了幽灵之类的根本不存在的东西（有人在得知我喜欢恐怖故事后，曾煞有介事地告诉我说他家里有二十个座敷童子，但此人也是一位精神疾病患者）。

　　我并不是说所有称自己有过灵异体验的人都是精神病患者，但至少我从来没有过类似的经历，因此我对此始终持怀疑态度。但这并不代表我有一颗熊心豹子胆，看到或听到恐怖故事我也一样会害怕。

　　总而言之，我对木村女士的话是将信将疑。

　　她和我一样都是恐怖故事爱好者，但是她的神经应该比我敏感得多。身为医疗行业从业者，在此我大言不惭地评判一句，这就是所谓的"病由心生"。

　　其实在这个故事当中，那位名叫"由美子"的女性角色癫狂的做派比灵异现象本身更加令人恐惧。在生活中我们时常能够见到这种性格偏执、让人难以应付的人。我认为这个角色将人们对这类人"唯恐避之不及"的感觉表现得淋漓尽致。

　　木村女士将这个故事的原稿（漫画分镜）寄给我之后，便出乎意料地注销了账户，我也因此失去了和她的联系。诚然，仍有诸多

---

① 一种在临床和病理表现上重叠于帕金森病与阿尔茨海默病之间，以波动性认知功能障碍、视幻觉和帕金森综合征为临床特点，以路易体为病理特征的神经变性疾病。

途径可以恢复联系,但是我并不想这样做。

因为在将她的漫画改编为文字的过程中,我发现了这样一件事。

我刚刚提到的那个可怕的"由美子"的角色,很可能就是我所在医院的一名病人。尽管我并未与"由美子"打过照面,但在我的印象中有个人与她颇为相似。

大约是在木村女士寄送草稿给我的几个月前,那天我正在休息室里休息,中山护士忽然来找我聊天。

中山护士活泼开朗,梳着和她的性格相得益彰的短发,但没想到她也是我的同道中人。她自称具有"通灵"体质,而且经常与我分享这方面的话题。

"医生,昨天来了一个奇怪的病人。"中山护士神秘兮兮地小声笑着说道。她每次讲恐怖故事都会露出这种表情。

"她说旅行回来以后身体不舒服,一口咬定自己是被不干净的东西附体了。"

"她这是来错地方了吧。"我笑着回应道,但中村护士摇了摇头。

"不过她的症状确实挺明显的呢。肩周炎,还有跟腱断裂。"

肩周炎俗称"五十肩",多发于四十岁以上的中年人群。

"完全断裂了吗?病人多大年龄?"

"三十八岁。"

"唔……还很年轻嘛。不过也算是人到中年,没什么奇怪的吧。"

"你别忘了还诊断出来外伤了呢。"

"对哦。那么病人现在情况怎么样?"

中山护士呷了一口咖啡,说道:"那个病人一个劲儿地嚷嚷被附

体了被附体了,于是我就跟她说你的事。我说我们这儿有个喜欢搜集恐怖故事和灵异事件的怪医生,要不让这位医生和您聊聊,说不定他能治好您的病。"

"打住,怪医生是什么意思?"

中山护士露出灿烂的笑容,拍了拍我的肩膀。

"对不住啦——也是没有办法,那个人大吵大闹地要求更换主治医生。我告诉她说你今天外出看诊了,不在医院,而且除非有特殊理由,不然不能更换主治医生。"

"虽然暂时搪塞过去了,可是这个事儿还没完呀。"

"可不就是嘛!这不,害怕的来了,那个病人说今天就先回去了,明天再来。"

"照你这么说,不就是今天要来吗?这也太吓人了吧!"

"哈哈哈,要是号也不挂就直接跑来,确实挺让人头疼的。医生你放心吧,我看见她马上联系你。打消病人内心的忧虑也是我们的职责所在哟。"

说罢中山护士便起身离开了。

我的确对这一类话题很感兴趣,但也仅限于搜集。我一来和"通灵者"搭不上线;二来不具备解决对方问题的能力。如若对方得知真相,岂不是要大为光火?前来就诊的病人大多身体不适,精神紧绷,即使表面看似正常,也应该小心对待。这是我的本职工作,但仍免不了内心的惶恐不安。

我一边做好心理准备,一边暗暗祈祷对方起码是一个能够沟通的人。可是一天下来中山护士也没有找我。

两周过后，我问中山护士那位得了五十肩的恐怖病人怎么样了，中山护士回答说"她明天过来就诊"，然而病人并没有来。到了病人自己预约的那天，她也未曾露面。

挂号之后不来就诊，病情稍稍有些好转就音讯全无……类似情形我已是司空见惯，因此那位病人并未引起我太多的注意。

不过，当我读到这个故事以后，愈发怀疑那个病人就是"由美子"。

据中山护士所说，那个病人和"由美子"一样浑身上下包裹着少女服饰，也有着句尾拖长音的独特的说话方式。此外，出于保护隐私的考虑，病人的姓名不方便透露，但是她的本名与"由美子"的发音十分相近。

我有一个非公开的账号，内容仅有木村女士等极少数人可见。我会在这个账号上面唠叨一些工作中遇到的事情，其中也提到过那个疑似由美子的病人，想必木村女士也看到过。

木村女士在看到这些内容后，便将漫画分镜寄给了我，然后注销了账号。我推测她的这种做法可能有两个动机。

其一，这个怪谈故事确有其事。

难道木村女士是像著名恐怖小说《午夜凶铃》那样，把一个能够引发诡异事件的东西传递给我，以此转移诅咒吗？而她注销账号的举动，或许就是为了避免诅咒反噬自身。

如果是这种情况，那么可以断定我在她眼中是"一个无关紧要之人"。

其二，这个故事是纯粹的虚构型创作。

读　木村沙织

如果是这样，那么就是她塑造了一个带有那位病人的特质的人物，创作了一篇读者也参与其中的恐怖故事，进而专程拿给我看，这种行为近乎对我个人的骚扰。

无论是何动机，能够做出这种事情的人必然对我心存恶意，今后还是断绝来往为妙。

事情到了这一步，"以诡异为主题的虚构型创作"本身不禁引起了我的思考。

在我看来，"不过分恐怖"对于虚构型创作而言至关重要。

霍华德·菲利普·洛夫克拉夫特说过："唯有不畏惧者，方能创作出超乎想象的恐怖故事。"当然，即使不是站在创作的角度——读者想必也听说过《稻生物怪录》吧？相传它是江户时代中叶，一名居住在广岛县三次市、时年十六岁的少年稻生平太郎所记录的其在一个月内遭遇的灵异事件。故事讲述的是平太郎因为在试胆比赛中得罪了妖怪，于是各种奇形怪状的妖怪在他家里连续肆虐了三十天，而他始终泰然自若，最后赢得妖怪首领山本五郎左卫门的赞誉，获赠一把木槌。

（假如由美子的故事是真事）如若读者像木村女士那样，家里有一点风吹草动就疑神疑鬼，被吓得魂不守舍，那么反而得不偿失。

因此，我希望各位读者不要过度惊慌，权且将其当作一部虚构的作品。

我是几个月前在诊治一个存在精神疾患的病人时，猛然间灵光一现,想到木村女士给我寄来的漫画分镜有可能是在"传递诅咒"。

下面的内容,是我根据多年前翻阅的前辈医生的病例研究资料虚构而成。

语

佐野道治

8月13日

"道治你可能不熟悉这个行业的情况……我们出版社可是设有读者奖的。"雅臣边说边搅拌着冰激凌苏打。

雅臣是我的大学同学，目前在一家小出版社任职，他主要负责出版超自然现象相关的书籍。

他念书时成绩优异，待人热忱，人缘很好，然而令人费解的是，这样的人居然对超自然现象情有独钟。因此，这份工作可谓是为他量身打造的。

当他一说起我们许久没有聚一聚了，我便毫不迟疑地赶来赴约。不过似乎他并非仅仅是想与我叙旧，而是有事相求。

"我们出版社呐，每年都会举办'真实怪谈征文活动'，很有意思呢，能收集到很多惊悚又有趣的故事。"

"啊，就是你刚才说的那个'读者奖'吧。"

"嗯,是的,最终结果由读者投票决定。"

"不过你也是知道的,我这人不怎么看小说。我倒是不排斥恐怖作品,但基本上只看电影和网络上的恐怖故事,对小说的优劣不太关注。"

"哎呀!没事的没事的!"

冰激凌苏打搅拌得有些太过了,差一点溢出来。雅臣直接上嘴,咕嘟咕嘟地一口气喝光了。

"都已经定好了。"

"什么?"

雅臣歪了歪嘴,讨人喜欢的红色脸庞露出笑容。

"获奖篇目都已经内定好了,这事儿你可不能往外说啊。我们这可是一家小出版社……你明白吧?"

"哦,当然明白。"

我似懂非懂地应和了一句。尽管我不了解出版社是如何运作的,但是考虑到节约经费,这种事倒也情有可原。

"所以说,你只需要读一读那篇作品,然后写一写读后感,仅此而已。"

"仅此而已……"

雅臣还是老样子,上学那会儿就一贯爱强人所难。也许是因为他的人格魅力吧,他这种做法竟不会让人感到反感。

"拜、托、你、喽——你应该挺喜欢看的吧?内容都是真实发生的事情,比一般小说生动得多……好不好?到时候我请你喝一杯!"

"就一杯啊！"

雅臣丢下一句"回头我把资料发给你"，便摇晃着魁梧的身躯离开了。而我则不得不肩负起阅读"已内定"的读者奖小说和撰写读后感的责任。

To:	佐野道治
Cc:	
From:	雅臣
Subject:	请查阅附件

■家的丧葬习俗①

酒井宏树

在当代日本，火葬是唯一的丧葬方式。

这一制度可以追溯至1948年颁布的《墓地、埋葬等相关法律》。然而法律总有其疏漏之处，如果有人坚持土葬，那么只需找到在法律颁布之前将土地用途变更为墓地的土地所有者，购买这块土地，就可以将其用作自己的墓地。

这次我调查的对象，便是至今仍坚持进行土葬的■■县■家。

首先，一提起土葬，大多数人能想象到的情景都是遗体仰面朝天躺在棺材里,也就是送去火葬场之前的那种状态,大部分国家也都是如此。但是,江户时代有一种"座棺",遗体手脚弯曲,被置于形似木桶的棺木之中。

而■家的土葬方式更为独特,他们是将遗体手臂和腿统统砍掉,只将躯干放进棺材里。

据说,■家要采用这种特殊的土葬方式仅限于嫡系,也就是长子一脉才需要历代遵循这个习俗。

为了深入了解这种罕见的墓葬方式,此次我顺利采访到了■家的旁系山岸先生。以下是根据录音整理的访谈记录。

* * *

你听说过蛇神吗?

哦哟,据说能生财呢,要不然■家今天这万贯家财都是哪里来的。虽然我是不信吧。

还有啊,这里有条河,听老人说只要一刮台风就会发大水。

嗨,你听说过"人牲"吗?

在过去这可是常见得很呢。你听着可能会觉得很残忍,其实我也这么觉得。

用来做"人牲"的大多数是坏人。做"人牲"是一种"功德",坏人这样也是"积德"了。蛇神也高兴,算是两全其美的事情吧。当然我是接受不了,可是早年间的人确实是这么干的。

再说蛇这种动物啊,不是没手没脚嘛,所以在献祭"人牲"之前,要先扭断坏人的手脚。

哦哟哦哟,我也觉得难以置信。

哪怕是罪大恶极,也不能就这么轻而易举地夺取人家的性命啊,会遭天谴的。这不,从老早以前开始,■的女人们就变得不正常了。有的莫名其妙地自我了断了,更有甚者还会弄死自己的小婴儿。

再这样下去,其他人家的小婴儿恐怕也难逃一死。人们都说是■家在作祟,于是建造祠堂供奉神明,谁知道这次居然是拿小婴儿当人牲。

情况越来越糟糕,没办法只得又请来"式喰大人"。人家一看,果然说问题还是出在"人牲"。

按照现在的说法,"式喰大人"其实就是"驱魔师"。

当真啊,■家的当家人就被扭断手脚,活埋了,还说了一句"■■■■■哟"。

我知道的就只有这么多,毕竟我已不是那家人了。

现在好像已经收敛多了,不过老观念真是可怕,动不动就闹出人命。

有没有神明还两说呢,怎么能这样草菅人命啊。人

> 就算再坏，那也是一条性命。
>
> 哦哟，你有小孩吗？没有啊，那就好。
>
> 差不多了，你就甭再打听了，我们也帮不上什么忙了。
>
> 你可要保密啊。回去路上注意安全。

8月13日

"这是什么东西！"

听到我脱口而出的喊声，妻子裕希走过来问我出了什么事。

我读完雅臣发过来的获得读者奖的小说第一章，看得是一头雾水。因为雅臣说这是真人真事，我本以为读起来应该是"这是●●亲身体验……的故事。●●年轻时曾与他的损友们进行了这样一场试胆比赛"之类的感觉。

然而，这篇作品更像是某个三流作家撰写的网络新闻。虽然情节骇人，却缺乏铺垫与结尾，我不禁质疑这种作品怎么能得读者奖。

而且——

"啊，这是我们那边的方言呢。"裕希说道。

"哦，是吗？你看过这篇作品了？"

"没有，就是扫了两眼。'哦哟''当真啊'什么的，还挺让人怀念呢。"

裕希露出温柔的笑容，真是太可爱了。

裕希长着一张圆润的鹅蛋脸，身材线条也同样丰满，仅仅是莞尔一笑，露出洁白的牙齿，便能让我沉浸在无尽的幸福之中。而且她的胸怀如同其外表一般宽广，我从未见过她粗声粗气地发脾气或是在背后议论他人。

我对她一见钟情，婚后更是越爱越深。

自从相识以来，我还没有听她说过一句方言，不过这篇文章里阴森的方言要是从裕希的口中说出来，或许就会变得非常可爱吧。

"原来是这样。但是这篇文章你还是不要看为好，我总觉得内容有些晦气。都是虚构的，净是胡编乱造。"

她听我这样说，便说了声"好"，就回到厨房去了。

我马上就要当爸爸了。

To:	佐野道治
Cc:	
From:	雅臣
Subject:	上次那篇看完了吗？（笑）

中居薰先生是本月离世的怪谈搜集家多米尼克·普莱斯先生的挚友，以下内容是根据中居薰先生接受我社采访时所述内容整理而成的文章。

语　佐野道治

***

　　多米尼克先生自幼热衷怪谈，在十五岁阅读小泉八云的《陌生日本的一瞥》之后，便对怪谈乃至所有的日本文化都产生了浓厚的兴趣。

　　他就读于自己祖国的大学的日文系，毕业后移居日本，广泛搜集各类怪谈。而他正是根据传闻，一路寻访到了■■这里。

　　多米尼克先生平易近人，精通日语，和大家相处得十分融洽，比我这个从东京回乡的当地人还像当地人。

　　不过，这片土地确实存在一个可怕的习俗，也正是这个原因，我始终无法对故乡产生好感。

　　如果你沿着河边漫步而行，就会遇到一座孤零零的小屋。夜晚时分，还会看到门口站着一位无与伦比的绝世佳人，她会邀请你进去坐坐。据说小屋里不但备有珍馐美味，还能与佳人促膝夜话。

　　尽情享受之后，当你要起身离开时，美人便会告诉你一个秘密。假如你泄露给他人，就会引来灾祸。

　　那座小屋是真实存在的，小时候我和邻居小孩去比试过胆量，亲眼见过。只不过当时屋子看上去肮脏不堪，我们实在提不起兴致进去一探究竟。

后来不知道是谁把我们去小屋探险的事情告诉了家长。当地的士绅■先生亲自上手，结结实实地将我们挨个儿教训了一番。由于这段经历太过狼狈，之后我便尽量不去回忆那座小屋，而且包含■先生在内，住在那里的当地人也都极其避讳提起小屋，因而我对小屋的了解也就这么多，而小屋也就成了人们口口相传的神秘地点。

多米尼克先生也对这个故事怀有浓厚的兴趣。他秉持着一种打破砂锅问到底的态度，挨家挨户地拜访村里人。

我刚才提到，当地的老人都很忌讳这个传说，因此多米尼克先生想要了解详情，只能去问那些现在三四十岁，但是小时候听祖父母亲口讲述过的那些村民，或者是曾经在这里居住过的人。

就这样过去了一个多月，多米尼克先生称"时机已经成熟"，并在当天深夜亲自前往那座小屋。

第二天清晨，他神采飞扬地归来，两只眼睛炯炯有神地宣布说"确有其事"。

包括我在内的年轻村民闻言，无不捧腹大笑，没有一个人相信他的话。

大家都知道多米尼克先生在兴致勃勃地到处打听小屋的传说，猜测他多半是被人诓骗了。我去安慰他，结果他火冒三丈，坚称那里有一位美人，而且那人的美貌，村里人根本不能与之相提并论。此言一出,村里的女人们自然是颇为不满。

后来有人提议说,正值盛夏时节,不妨举办一场怪谈讲述会,多米尼克先生也可以在会上分享他的经历。说是大会,其实也就是村民们到新搬来村里的人家聚会,喝酒吃点心聊聊天而已。

就这样,酒过三巡,两点时分,怪谈讲述会正式开始。

多米尼克先生没有直奔主题,而是先讲了他在游历各国搜集奇闻逸事的过程中听到的几则怪奇故事。

他讲得绘声绘色,每个恐怖故事都分外引人入胜,就连那些喝得酩酊大醉的人们也听得如痴如醉。就这样过去了差不多一个小时,有人开口道:"说说■■■■■吧。"

"好嘞好嘞,这就讲。"

多米尼克先生起身关闭房间里的灯光。为了营造恐怖的氛围,他还特意点燃了一根蜡烛。

黑暗中,多米尼克先生的湛蓝双眸闪闪发光。

"以下是我在某个地方的亲身经历。"

"太棒了,终于等到了!"泽田激动地叫了起来。

"以下是我在某个地方的亲身经历。"

我不由得转过头去看向目瞪口呆的夏子,刚开口问她"嘿,这是怎么回事……"就在此时。

"以下是我在某个地方的亲身经历。"

话一出口,随即被多米尼克先生打断。他已经重复了无数遍开场白,但就是迟迟不肯进入正题。不知道他卖的什么关子。

"喂,你好好讲啊。"有人冲多米尼克先生喝道,可是他不为所动,语调都没有丝毫改变。

"以下是我在某个地方的亲身经历。"

"以下是我在某个地方的亲身经历。"

"以下是我在某个地方的亲身经历。"

"以下是我在某个地方的亲身经历。"

"以下是我在某个地方的亲身经历。"

"以下是我在某个地方的亲身经历。"

面对这种情形哪还有人能保持冷静。一时间"开灯"的呼喊声、"开不开啊"的怒吼声及电灯开关频频开闭所发出的"咔哒咔哒"的声响在屋里此起彼伏。

在一片嘈杂之中,我突然听到一种像是摩擦榻榻米发出的"沙沙"声。

嘎吱嘎吱……哧啦哧啦……那声音从四面八方传来。

"以下是我在某个地方的亲身经历。"

嘎吱嘎吱……哧啦哧啦……有个东西越来越近。

> "以下是我在某个地方的亲身经历。"
>
> 嘎吱嘎吱……哧啦哧啦……它来到了我的身边。
>
> 噗的一声,蜡烛的火焰瞬间熄灭。与此同时,先前无法开启的电灯骤然亮起。
>
> 首先映入眼帘的是多米尼克先生的面孔——惨白,不,应该说是白里透青的那种面无血色。
>
> 不知是谁发出一声尖叫,声音之大几乎要刺穿鼓膜。随后是"踢踏踢踏"纷乱的脚步声,还有人在打电话,而我则像是灵魂出窍一般,叫都叫不出来。
>
> "以下是我在某个地方的亲身经历。"
>
> 只见多米尼克先生四肢已经不翼而飞,只剩一个躯干,还在不断地重复着这句话。

8月13日

我陷入深思,真的会发生这种事情吗?

显然,作者想用新闻报道的风格营造出"这是真人真事"的感觉,然而,这些没头没脑的内容拼凑在一起的结果就是,纵然这只是一篇短文,看上去也颇为凌乱。

当然可以创作一篇类似于"吓死人不偿命"的长篇,但至少也要从某个角度切入,讲好一个完整的故事。

从文中出现的方言可以推测,这应该是一篇由乡野奇谭整理而成的恐怖故事。

"确实很吓人呐。"我自言自语道。

回想起自己有限的阅读经历和网上偶尔浏览到的恐怖故事，我还未曾遇到过与这两篇相似的内容。让人胆战心惊之余，同时也多多少少激发了我的阅读兴趣。

雅臣之前就嘱咐我说要"尽快回复"，况且篇幅不长，于是我决定迅速读完并写下感想。

我打开Word，输入标题，一边读一边在旁边记录心得体会。

裕希比我更喜欢恐怖故事，在这方面她也可以说是博览群书了。等孩子平安降生后，我也想让她读一读这个故事。

To:	佐野道治
Cc:	
From:	雅臣
Subject:	这是第三篇，快点看完呀！

富江堂姐的孩子夭折了，那还只是一个一丁点大的小生命。

裕寿心情悲痛地坐在父亲的车上，几乎要抑制不住地掉下眼泪来。

小婴儿是那么可爱，小胳膊圆滚滚的，小脸蛋胖嘟嘟的。裕寿是最小的孩子，她还曾畅想自己领着小婴儿

肆意玩耍，那该有多开心呐。

"见到富江姐姐的时候不要多嘴多舌。"

在压抑的悲伤氛围中，母亲不忘语重心长地提醒她。不过裕寿已经上小学六年级了，对于这种事情她自然是心里有数。

自己都这么难过了，富江姐姐岂不是要悲痛欲绝？

富江姐姐对待裕寿如同对待自己的亲妹妹。富江美丽温柔，可惜从小体弱多病，身材消瘦，仿佛风一吹就要倒了。

富江的丈夫是一名医生，据说此前还打过橄榄球，强有力的感觉与富江截然相反。两人在婚后生下了这个孩子。

裕寿还记得春节期间，全家团聚，坏心肠的雅代姑姑曾一脸厌弃地说："富江小时候就差一点死了，这孩子长得和富江像一个模子里刻出来的似的，可千万别重蹈覆辙。"

雅代姑姑的女儿，也就是裕寿的另一个堂姐小雅，十七岁就嫁给了一个不学无术（这是雅代姑姑的原话）的男人，因此雅代姑姑很嫉妒与医生喜结连理的富江姐姐。这点事儿就连裕寿这样的小孩子也看得明明白白。

当时，裕寿的父亲制止住了雅代姑姑的话，但没想到雅代姑姑一语成谶。

裕寿父亲的老家是一座宽敞大气的经典日式住宅，经过多次翻修改建，宅院的外观气势恢宏，但是裕寿一点也不喜欢。因为这座宅子不但夏暖冬凉，而且人一走过走廊和墙壁，周围就会发出吱吱嘎嘎的声响。

裕寿一家抵达时，门前停放着好几辆车，看来大部分亲戚都已经到场。

"多礼多礼。"

裕寿和家人步入玄关，富江堂姐的父亲雅文出来迎接，裕寿要称呼他为伯父。"多礼多礼"是这里的方言，就是"谢谢"的意思。

"不必客气，见外了。"裕寿的父亲说着揽住雅文伯父的肩膀，问道，"小富还好吧？"雅文伯父则是满面愁容地摇了摇头。

小婴儿的葬礼和去年祖父离世时的氛围全然不同。

屋子里摆放着一口小小的，小得令人心碎的棺材。特意请到家中的和尚似乎正要在棺木前诵经。

祖父那时候是将遗体放进棺材，然后直接运至灵堂守灵。

裕寿想要在遗体下葬前再看一眼那可爱的小宝宝，但是一众成年人脸上肃穆的表情仿佛在说"不可以这样做"，她甚至都不能靠近棺材。

亲属到齐以后，一位一身素装、扮相更像是在山中

语　佐野道治

修行的禅师的僧人走了进来，坐在棺木前面。

大人告诉孩子，在僧人用浓重的方言诵经期间，绝对不能乱说乱动。

裕寿已经上六年级了，不用过于操心，但是现场还有小雅的孩子。这对双胞胎刚刚上学，一贯调皮捣蛋。裕寿心想他们肯定没这个耐性，何止乱说乱动，保不齐还会在这种严肃的场合胡闹一番。

众人按照僧人的要求，低头双手合十，随后僧人开始诵经。

○！※□◇#△啊！

忽然有人大声叫嚷，是一个女人的声音。由于口音很重，语速又特别快，根本听不清楚她说的是什么。

●○※◆#●●！呀！

她又叫起来了。

大人嘱咐孩子绝对不能乱动，也绝对不能胡乱开口说话。

但是没说不能回头看。

裕寿打定主意，然后偷偷地把脸转向声音的来源。

好漂亮啊。

房间角落里站着一个身穿和服的女人,她长得有点像富江姐姐,但是比富江姐姐还要漂亮。

那个人目不转睛地盯着小小的棺材,嘴里大声地说着什么。

☆!※●◇#△!啊!

她说话的声音那么大,可是除了裕寿,居然没有一个人回头看,大家都双手合十,低头向下。

原来大家都这么守规矩呀。

裕寿有些脸红,于是再度双手合十,面朝棺木坐正身子。

那个美丽的女人一定是僧人的熟人(可能也是一位僧人),在和僧人一起诵经呢。这么一想,女人的声音也显得没有那么吵闹了。

裕寿感觉过去了差不多十五分钟,不出所料,那对双胞胎坐不住了。

双胞胎就坐在裕寿的左前方。他们最开始只是扭动身体,放松双腿,接着便你推我搡,咻咻地窃笑起来。

小雅堂姐好几次柳眉倒竖,试图用眼神制止他们,但是无济于事。这两下子根本震慑不住这个年纪的小男孩。

他们互相推搡的幅度越来越大,终于弟弟忍不住跳起来大叫:"阿坤打我!!!"

轰隆!!!

顷刻之间,环绕佛堂的纸拉门全部轰然倒地。还未等人们叫出声来,僧人横眉怒目,大声呵斥道:"不许出声!!"

所有人都拼命捂住嘴巴,不敢发出声音。

○●※●◇●△切——

只有那个身穿和服的女人还在说话。裕寿回头看着女人,只见女人面向棺材,趴伏在榻榻米上。

然后,慢慢地、慢慢地爬了过来。

  山盟海誓玉椿八千载二叶松长青弃如敝屣泣涕涟涟。

女人的声音突然听得一清二楚。

  嘎吱、嘎吱,哧啦哧啦。

这时裕寿耳边又响起了另一种声音，这个声音震耳欲聋，仿佛天花板、墙壁、地板全都开裂了。

女人越爬越近，裕寿想要逃走，想要尖叫着扑进母亲怀里。但是僧人不允许他们起身，也不允许说话。

说时迟那时快天色一变说时迟那时快面色一变青丝当空立犹怜朱颜改黑云翻滚大雨滂沱纵然风鸣雷动怨恨报负心人。

女人近在眼前，她凝视着裕寿。
为什么？为什么？开口说话的明明是阿乾。
女人的手攀上了裕寿的膝盖。

不要乱摸乱动，你这个小偷。

裕寿的记忆至此便断绝了，她晕死了过去。
等裕寿苏醒过来时，她发现自己正躺在伯父的大汽车里。旁边是那位僧人，正在不遗余力地唱诵着经文。
看到裕寿睁开眼睛，僧人的表情顿时舒展开来。
伯父、父亲和僧人在那里交谈，裕寿怔怔地看了一会儿，困意再度袭来。
从那以后，裕寿再也没有踏进过父亲的老家一步，

> 即使是双胞胎之一的阿乾去世的时候,她也没有去参加葬礼。
>
> 　　女人的话深深地烙刻在裕寿的意识深处,她在之后的岁月里饱受折磨。
>
> 　　不要乱摸乱动,你这个小偷。

8月13日

　　雅臣这家伙真是坏透了,他的所作所为让我瞠目结舌。

　　我不但在社交媒体上公开喜讯,而且在见面的时候亲口告诉了他:"裕希肚子里有个小宝宝。"

　　然而第一篇故事是拿婴儿献祭,第二篇另当别论,第三篇又是婴儿夭折。

　　这家伙居然一而再再而三地给我这个要当爸爸的人发这种故事,他究竟是何居心?

　　我还好说,更可气的是他竟丝毫不顾及裕希的感受,亏他还是裕希的堂哥呢。

　　当我被前女友一脚踢开,陷入人生的低谷之际,是雅臣将裕希介绍给了我。裕希是一个非常优秀的女孩子,我们很快步入结婚殿堂,在我眼中雅臣就是我的大恩人。雅臣也在婚礼上情真意切地向我们表示祝福,我也一直认为我们夫妻二人在他心里的分量很重。

实在是掉以轻心了。

为了维系友谊和亲戚关系，我想大事化小小事化了，因而没有直接向雅臣发难，但是这部小说我也实在是看不下去了。雅臣有那么多朋友，大不了另请高明呗。

想好以后，我拿起手机，正要拨打雅臣的电话，结果他正好打了过来。仿佛是他在监视着我的一举一动。

"喂。"

"……雅臣啊，是这么回事。"

"哦，看来你已经看完了，有什么感想吗？"

"感想……不好意思，我看不下去了，你还是另请高明吧。这部作品读起来心里是真别扭。"

"有什么别扭的，难不成你要说你能'通灵'？"

雅臣发出一阵豪迈的笑声。

"你好好听我说呀。裕希怀着孕呢……你又不是不知道。"

电话那头沉默了片刻。他该不是生气了吧？他有什么理由生气。我已经尽可能地采取礼貌而又委婉的说话方式了。

这段沉默令人尴尬，我甚至想干脆就这样挂断电话。

我正在发愁该怎么开口时，电话里忽然传来雅臣的笑声。

"你不会以为我生气了吧？真以为我生气了？你现在想啥呢？说说看呀。"

"你……你这家伙。"

雅臣还是那个雅臣。他嘲弄了我一番，然后说道："我知道了。抱歉，是我考虑不周，你也忙得很呐。对了，为了祝贺裕希怀孕，我准备了一份小礼物,等什么时候有空,我给你送到家里去吧。"

"当然没问题啦。谢谢你啊,还特意准备了礼物。"

我与雅臣约好时间,又闲聊了两句。

"代我向裕希问好。"雅臣说完便挂断了电话。我只觉得疲惫不堪,当晚早早便进入了梦乡。

8月13日

我做了一个可怕的梦。我在梦中发出一声惨叫,随后被自己的叫声惊醒了。梦的内容我忘得一干二净,但是那种见鬼了似的脊背发凉的感觉始终挥之不去,床单都被汗水浸湿了。

自从那天与雅臣通完电话,我每天都会做噩梦。我不相信诅咒之类的东西,但也可能是精神上受到了刺激。

裕希揉了揉惺忪的睡眼,担心地问我:"怎么了?"

我回答:"没什么。"将一瓶子水一饮而尽。我必须去冲个澡换件衣服了,雅臣今天要来家里。

裕希刚刚备好午餐,门外便响起了敲门声。我的第一反应是雅臣到了,但转念一想,又觉得有些蹊跷。

我们家所在的公寓大门是自动锁,外人想要进来,只能在入口处按对讲机,由楼里的人解锁。也就是说,雅臣不应该直接出现在我家门口。

"来了。"

裕希正要开门,我连忙抬手拦住她,然后通过猫眼向外窥视。

"喂——开门呀！"

门外是一个身材魁梧的男人，脸上洋溢着快活的笑容。是雅臣。

他肩膀上背着一个大包袱，难道这就是他之前所说的"小礼物"吗？东西虽然被包裹在一条大方巾里面，但是从形状推测应该是一口缸。这个"小"礼物未免也太大了吧。

此外他的装束也十分古怪。今年夏天流金铄石，而且眼下正是最热的时候，雅臣又是个大块头，动辄汗流浃背。

可是，他现在却用一件黑不溜秋的大衣把自己裹得严严实实的。

"你在家吧——我知道你在！快开门呀！热死了！"雅臣大声呼喊，唯独笑脸没有任何变化。这反而让人觉得格外诡异。

"你是怎么进来的？"

我本想铆足气势高声质问，但是因为恐惧，还是身不由己地岔了音。

"你是怎么进来的？"

雅臣嘲讽似的重复着我说话的腔调——你、是、怎、么、进、来、的。

"你这家伙，不对劲啊，肯定有问题！不好意思，你赶紧走吧！"

"哈、哈、哈、哈！"

雅臣用一种声带似乎要爆裂开来的、只有"尖利"二字才能形容的声音笑了起来。

"说实话想要进你家还不是轻而易举，但是我还是留心打声招呼！哈哈哈！"

"有什么可笑的！"

突然，我眼前一黑，原来是雅臣把脸贴在了猫眼上。

"当然可笑啦，你居然一点都没发现，可笑，真是太可笑了，哈哈哈哈，笑死我了。"

"没……没发现什么？我……我要报警了！"

"第一个问题——！"

雅臣离开猫眼，做出一个犹如在"立正"的姿势，大喊道："心爱的裕希去哪儿啦？"

我听罢急忙回头。裕希？裕希？裕希、裕希她不见了。

怎么可能？刚才她还站在我的身后。

"第二个问题——！！"

"这是怎么回事？"我不禁喃喃自语，而雅臣巨大的吼叫声仿佛是要将我的声音彻底抹杀。

"■■■■是什么——"

■■■■，这不正是小说里反复提到的字眼吗。

我感到头痛欲裂。

"第三个问题：你觉得应该如何处置那种已经获得诸多线索却仍然昏头昏脑的蠢货？"雅臣在我耳边悄声说道。

8月30日

通过■雅臣的介绍，我结识了裕希。她是个丰满的美女，总是面带微笑。每当我看到她的微笑，我的心脏就像是被她俘获了似的动弹不得。她让我痴迷，我每天都倾尽全力，只为博得她的芳心。

裕希说过"■■■■哟",这也就意味着我们即使两情相悦也无法结婚。只要能够陪伴在她的身边,结婚与否我都心甘情愿。可是我仍然难以克制想要娶她的欲望,不要孩子也无妨。

裕希是那么善解人意,她最终答应了我的求婚。雅臣和■家的人也为我们祝福,但还是三令五申道:"■■■■哟",提醒我们不能要孩子,说是生死只在一念之间,而这次肯定会导致死亡。雅臣说"这也关乎我的性命",而且死后势必要被埋葬。可是我放纵了自己的欲望,裕希怀孕了,其他人让我们打掉孩子,裕希也松口了,坦然接受,但是我坚决不同意。于是我禁止裕希出门,不让她见雅臣和■家的人。我还辞掉了工作,在家一心一意地陪伴照顾她。裕希脸上渐渐泛起母性的光辉,裕希是全世界最美丽的母亲,我感到无比幸福。可是好景不长。我就去上厕所的工夫,裕希转眼间就不见了。

我怀疑是雅臣所为,打电话给他,要求他归还裕希。他答应立刻来我家,看他坦白得如此爽快,我心中窃喜。雅臣来我家时穿着一件纯黑的大衣,我调侃他说"大热天的,多傻啊"。他脱下大衣,露出失去了手臂的身体,责备我说"已经到这一步了"。他掏出一口大得不得了的缸,说裕希就在里面。趁我探头往缸里看时,雅臣猛地将我的头按向壶口。里面有一条巨蟒。雅臣说"祈祷吧",他嘴里念叨着"祈祷吧,求饶吧"。我的身体里传来咔吧咔吧的声响,那是关节被扭断时的声音。伴随着这个声音,我仿佛要四分五裂了。"祈祷吧,求饶吧",雅臣不断重复着这句话。我的左臂烈火焚身一般疼痛难耐,我祈祷着,哀求着,拼命地哀求着,但左臂越来越疼。我愤怒了，我对雅臣说，我的祈祷有什么用。随着疼痛愈演愈烈，我脖子用力一挺，挣脱了雅臣的控制，定睛一看，发现他也没有腿。之前的雅臣身材胖大，而失去手脚以后他整个人似乎缩小了，就像一只软蓬蓬的可爱的熊布偶。我想摸摸他，可是缸里的蛇把所有东西都吞没了。直到现在我也很困惑，我的妻子上哪儿去了？没有孩子，我该怎么办？我要去寻找他们。

※

以上就是患有青春型精神分裂症，因为存在自伤和伤人隐患而被警方强制送医的患者佐野道治在接受治疗时的记录。

他在被转送至医院的时候，左臂伤势严重，因此院方首先对这一部位进行了治疗。

文中标记为"■■■■"的部分是患者反复请求不要公开的内容（事实上当事人本人也不想说出口，这部分是通过笔谈的方式记录下来的），因而在这里不予透露。

患者坚称"佐野裕希"是他的妻子，然而在查阅当事人资料后发现，其名下并没有与"佐野裕希"的婚姻记录，也未能证实确有"佐野裕希"其人。

对话进行期间，患者出现了偏执、不自然、表情僵直、幻听、妄想、思维迟缓、思维散漫、情感麻木、情绪多变等幻觉妄想类的症状。当对话时长超过三十分钟时，患者便开始胡言乱语。为了保持记录，不得不采用笔谈和非言语交流的方式，因此，文中部分内容其实是患者亲笔所写。

后续将结合药物治疗，持续对其提供心理辅导。

※

以上便是医生前辈的病例研究资料所记载的内容。（根据我的记忆整理记录）

＊＊＊

读罢"读"与"语"，不知道读者感受如何？想必读者也看出这两篇源于同一个故事。

下面我来列举一下二者的相似之处。

首先，可以确定这一系列的故事发生在爱媛县的松山。在《某个学生社团的日记》中出现的各种地方名胜特产，以及在"语"的章节中具有代表性的方言——伊予方言都可以作为佐证。这里的学生社团，实际上是指发生溺水事故的某私立医科大学的学生社团，该事件当年曾引起广泛关注，相信许多读者对此仍记忆犹新。学生们是在玩漂流时候突遇险情，仅有一人生还，其他人均不幸遇难。此外，文中的男性怪谈搜集家多米尼克·普莱斯也是真实存在的人物，他曾是达特茅斯学院的职员，在前往松山旅行时意外身亡。但有一点与事实略有出入，那就是他死于车祸，并没有故事中所描述的四肢被斩断等离奇的死状。

语　佐野道治

　　然后是被涂抹（实际上病历中并未写出名字）的那个单字应该是"橘"。"语"中反复出现的"■家的土葬""■的女人""当地的士绅■先生"，其中涂抹之处应该均为"橘"字。

　　至于依据，请看"读"章节中的《某个夏日的回忆》这一篇。文中提到一位名叫橘雅纪的少年。而"语"章节中患者好友的名字是"雅臣"，以及从少女裕寿的视角讲述的故事里出现的"雅文""雅代""小雅"等名字，可以推测橘氏家族成员的名字里大都包含一个"雅"字。当然，鉴于也有人的名字里不带"雅"字，我们难以确定这个家族的命名规则。不过，还有其他证据可以证明与"读"和"语"当中的咄咄怪事相关的家族就是橘家。例如，"读"里面穷凶极恶的"阿丰"，"语"里面的"富江""裕希"。"裕希"是一个谐音词，写作字的话也可以是"裕珠"。这些人的名字里都带有一个表示富裕和繁荣的字，而那七个要铭记于心的词语中就有"丰收"一词。木村女士的解读是阿丰，但是在阅读完"语"之后，我觉得很有可能指代的是橘家的全体女性。

　　可是，"阿松"这个名字的存在，在一定程度上否定了上述对命名的推断。因为"阿松"虽然是个很吉祥的名字，但与富裕、繁荣的关联性较低。

　　谈到两篇作品最大的共通点，当属"达摩不倒翁"。"读""语"均描写了失去四肢的人，而这可能与橘家的丧葬习俗及"语"故事结尾的蛇有关。我们不妨深入分析一下"嘎吱嘎吱哧啦哧啦"的声音。仅从"读"来看，我们可以将"嘎吱嘎吱"解释为阿丰上吊时房梁不堪重负而发出的声响，"哧啦哧啦"是阿丰的腰带摩擦地板发出的声音（文中阿松也是这样解释的）。然而，"语"的内容推翻了这些解释。这应该是某种没有手没有腿的东西在地上爬行时所发出的声音。比方说，"裕寿"的故事里身穿和服的怪异女人，一路爬行靠近裕寿，还有多米尼克先生的故事中，中居薰先生说得十分明确，"有个东西越来越近……它来到了我的身边"。

关于那个身穿和服的怪异女人，我们能够发现《某个民俗学者的手记》和多米尼克先生这两个故事都涉及一间小屋，这不禁让人猜测女人就是阿丰。加之裕寿形容她"长得有点像富江姐姐"，基本可以断定这个女妖与橘家存在血缘关系。而且女妖怪还警告裕寿"不要乱摸乱动，你这个小偷"，因此我们可以合理推断，女妖就是阿丰，她错把裕寿当成了自己的妹妹阿松。

在此，我还想补充几点关于阿丰与阿松是橘家人的理由。

首先，橘家位于贫瘠的山区，却是世世代代大富大贵。我们可以清晰地从《某个少女的告白》中发现这一点。橘家给人的第一印象虽然是山野贫农，但实际上阿丰阿松两姐妹的家庭条件十分优渥。

其次，要注意阿丰迷恋上了妙子老师的弟弟并且每晚与他幽会的段落。文中的描述是"打扮得花枝招展"。在昭和初期的日本，阿丰如果真是贫穷的农家女，哪怕是普通商户的孩子，她也不太可能达到"花枝招展"这个层次。

再说阿松。"阿松应该去念更好的学校"，我们可以从这句话推测阿松至少也得有十一岁了。她相貌平平，还备受家人的嫌弃，但她依然能够悠闲地守着火盆看书。放在昭和初期乡下的大背景下，一个十一岁的半大孩子如此轻松自在，居然不用帮家里干活，这简

语　佐野道治

直是不可想象的。而且我们要注意，在她的独白中，父亲非但从不劳作，反而终日居家饮酒。这或许暗示了她的父亲坐拥万贯家财，根本不需要劳动。

在阿松的独白里，她对生活的不满主要是"女人在外工作会被人议论纷纷"，这也侧面印证她家境殷实。她显然是一个非常聪明、成熟的少女，否则她不会萌生"要有目的地读书、工作"的愿望。如果她成长在一个普通家庭里，她的愿望多半会包含"忍饥挨饿，要填饱肚子"或是"不想帮家里干活"之类的要素。虽然父亲训斥她，让她"好好学一门女红"，但她似乎从未参与过家务劳动（当然也可能正是因此而遭受责骂）。而她之所以会用"女红"这个词，恐怕在她看来，这些都应该是老妈子们（相当于现代的女佣）的工作。无论如何，她的需求层次都相当之高。

阿丰订下婚约之后，文中有这样一句描写——"亲朋好友还有村子里的人们纷纷前来祝贺"。尽管乡下的房子普遍比较宽敞，可以容纳很多人前来聚会，但是能够订婚之后立即举办声势如此浩大的庆祝宴会，可见其经济实力不容小觑。

而且，假如裕寿的故事中出现的身穿和服的女子就是阿丰，那么她明显与学习成绩优异的阿松一样也接受过良好的教育。

　　　　山盟海誓玉椿八千载二叶松长青弃如敝屣弃如敝屣泣涕涟涟。
　　　　说时迟那时快天色一变说时迟那时快面色一变青丝当空立犹怜朱颜改黑云翻滚大雨滂沱纵然风鸣雷动怨恨报负

心人。

一眼就能看出来，这是能剧《铁轮》中的台词。

《铁轮》讲的是一位女人在丈夫出轨后变成厉鬼，入夜便会在卧房现身，最后被安倍晴明驱离的故事。

原本的台词是这样的——

此恨无绝。想当初，山盟海誓，君曾道，你我情谊有如玉椿八千载、二叶松长青，奈何朝夕之间，弃如敝屣。此恨无绝，弃如敝屣。

说时迟那时快，天色一变，说时迟那时快，面色一变。青丝当空立，犹怜朱颜改。黑云翻滚，大雨滂沱，纵然风鸣雷动，难撼情似金坚。怨恨化厉鬼，誓报负心人。

女人在化为厉鬼后倾吐着自己满腔的愤恨。

阿丰能够像这样引经据典，足以证明她具有很高的文化素养，她生前可能不止一次欣赏过能剧[①]。

综上所述，我们可以合情合理地推断出，阿丰和阿松所在的家庭非常富裕，甚至雇得起用人。

还有就是阿丰的死因。立足原文，表面上阿丰之死的原因是阿

[①] 一种日本古典戏剧，源于室町时期的日本古典艺术表演。能剧的起源可以追溯到12世纪，从神殿和寺庙里举行的古代仪式表演中逐渐发展演化而来。表演能剧时佩戴的面具称为"能面"，由柏树木块雕刻而成，面具基本上分为五类：老人、男人、女人、神、妖怪，用于表达多种情绪。

松把妙子老师弟弟赠予阿丰的玳瑁发簪藏了起来，阿丰最终绝望自杀。然而，这种行为似乎太过于冲动了，就算遗失了这份珍贵的信物可能有损她在妙子老师弟弟心中的形象，但也不至于寻死觅活。

文中阿丰曾说"我就要成为大户人家的太太了"，也许这里所说的"太太"并非东京妙子老师家明媒正娶的正妻，而是去做姨太太。

妙子老师的父亲是一位上校军医。昭和初期的日本军队，大多是从大学医学系一年级的学生当中招募军医，再经过考试选拔录用。军医入列后需要接受长达数月的步兵训练，训练结束授予"曹长"军衔。在军队这个等级森严的环境中，没有人会听从军衔比自己低的人的命令（这自然也包括军医的保健指导）。为避免医嘱被当作耳旁风，军医与普通军官的起步军衔有所不同。不管怎样，上校属于校官，这就说明妙子老师的家庭背景本身就十分优越（军医的军衔基本上是中将封顶，绝大多数军医都是尉官，很难晋升至少校级以上）。

家世背景如此显赫的一个人，怎么可能会迎娶一个八竿子打不着的乡下姑娘为正妻？哪怕姑娘家在当地有一定的势力。我觉得阿丰对此也是心知肚明。

而且这桩婚事无论是对阿丰个人还是橘家来说都没有什么好处。即使阿丰遗失发簪，嫁入东京的愿望落空，她也只不过是失去了成为东京千千万万个类似的大户人家的姨太太的机会而已。对于一般人家的姑娘来说，这或许是一个巨大的损失，但阿丰是村里最为出挑的美人，根据妹妹阿松的年龄推算，阿丰可能还不到二十岁，而且过着衣来伸手饭来张口的好日子。未婚先孕或许会给她造成一定的负面影响，不过较之于其他条件，这只能算是白璧微瑕。即使错过了妙子老师的弟弟，保媒拉纤的人恐怕也会踏破他们家的门槛。这样一来，阿丰的生活说不定比在人生地不熟的东京当二房还要幸福得多。

如果把"阿松藏起来了她的发簪"视为阿丰的死因，就显得很没有说服力。她一定是遭遇了某种突发情况，情急之下才选择了自杀。

分析到这里，我不禁想起"语"当中酒井宏树记者采访山岸老人时老人所说的话。

哪怕是罪大恶极，也不能就这么轻而易举地夺取人家的性命啊，会遭天谴的。这不，从老早以前开始，■的女人们就变得不正常了。

有的莫名其妙地自我了断了，更有甚者还会弄死自己的小婴儿呢。

因此我认为阿丰自杀的原因与这个"橘家的女人们变得不正常"的法则脱不了干系。

还有一个被大家忽略的地方，就是四肢被斩断的法则。

在"读"和"语"这两篇故事当中，明确提到因为自发性或外部因素而被斩断四肢（或者疑似被斩断四肢）的人物有由美子、村民的婴儿、橘家的当家人、"人牲"、多米尼克·普莱斯、雅臣和佐野道治。

首先来看由美子和多米尼克,他们被斩断四肢的原因比较容易推断——知道得太多了。在好奇心的驱使下,他们踏入禁区,探寻到了某种秘密,因此被妖魔鬼怪灭口了。

其次是橘家的当家人和村民的婴儿。据山岸老人所说,他们被斩断四肢是为了供奉变成人牲的罪人。

人们选择让罪人和异端分子成为人牲,结果引起冤魂作祟。这种剧情屡见不鲜,我在很多作品里都见到过类似的设定。

而在这个故事中,人们为了镇压邪祟,竟然扭断了当家人的手脚然后将其埋葬,这就有些不可理喻了。当然他们这样可能是为了模仿蛇的形态,供奉自己信仰的蛇神,可是文中又说是在供奉罪人,那么还有必要像这样埋葬当家人吗?这样做的目的究竟是什么?

罢了,目的姑且不论,法则一目了然。综上所述,此地的地主或家族当家人难以逃脱扭断手脚并且被埋葬的命运。由于目前信息匮乏,暂且不再深入探讨。

而目的、法则均不明确的则是雅臣和佐野道治。毕竟在佐野道治本人的叙述里存在着太多的疑点。

他被诊断为精神分裂症也在情理之中,但是这个诊断的准确性仍值得商榷。

妄想、幻觉、幻听等无疑是该病的常见表现。例如,一名居住于东京阿佐谷的家庭妇女,某天突然宣称"我的大脑与全球银行系统相连,因此政府想要除掉我,正在全方位地监控我"。绝大多数患者都与之相似,对自己的病情缺乏认知。

也有一些患者会把真实存在的人物当成虚构的。但是我还从未见过哪个人能够如此生动、逻辑如此清晰地描述其与虚构人物的生活。我不认为"裕希"是虚构出来的人物，他虽然精神错乱，但他看到的未必都是妄想或幻觉。

"语"是根据我的记忆创作而成的。橘家的丧葬习俗与中居薰的采访基本全部取材于杂志上的报道，佐野道治的记述及裕寿的故事等部分进行了大量补充创作。我本想通过同事与前辈取得联系，再次查看其撰写的病历，从而进一步完善这些故事，但随后便获悉前辈因身体原因，已于前年回到老家，也未能找到对方现在的联系方式。这种情况在业内也是常有的事，尽管令人遗憾，却也无可奈何。

总而言之，我们现在能大致推测出这些人物被斩断手脚的原因，不过依然无法找到他们的共同之处。

因此，面对最大的谜团"■■■■■哟"，我感到一筹莫展。印象里，被涂抹的字一共有五个，实际上也可能更多。

中居薰采访原稿里的标注是●✕△■，为了易于理解，我统一用■■■■■表示。

我认为多米尼克和由美子之所以遭到鬼怪的袭击，就是因为他们知道了被涂抹部分的含义。因此，我无论如何都要揭开这个谜团。

到这一步，"橘家妖怪"之谜似乎陷入了困境，事实上没过多久，新的线索便浮出了水面。

请看下一章。

铃木舞花

刚上小学，我的女儿茉莉就被确诊患有哮喘。

一直以来，我都误会了她，以为她是一个动辄叫苦叫累、半途而废的孩子。在幼儿园的运动会上，只有她一个人跑不完全程。

除她之外，所有的孩子都获得手工制作的写着"参与奖"的金牌。在一片欢呼雀跃的笑脸中，唯独茉莉面红耳赤地流着眼泪，而我居然还要责备她——"为什么没有跑完""为什么不坚持到底""明明可以再坚持一下"。

想来我之所以这样愤怒，是因为我在现在的茉莉身上看到了曾经的自己。小时候我也是体弱多病，缺乏毅力，运动能力差，稍有不如意就抹眼泪。如今到了而立之年，这些往事依然是我心里挥之不去的阴影。

我万分懊悔。我本应该是最能够理解她的心情的那个人，却一味地苛责她、逼迫她，她该有多难过啊。

上小学后，茉莉彻底成为一个内向的孩子。她明明最喜欢儿童动画片《美少女战士》里面那个红发少女，但是在和小朋友模仿动画片玩过家家的时候，她总是迁就他人，主动选择扮演不太受欢迎的绿发或黄发少女。

正因为如此，她的朋友越来越少。到了五月中旬，她甚至不敢走进教室，大部分时间都在保健室里度过。

班主任鸟海老师是个热心肠，非常关心茉莉，经常照顾她。多亏听取了鸟海老师的建议，我带茉莉去儿科就诊，才发现她患有哮喘，同时也意识到东京脏乱差的大气环境正在不断加重她的病情。

我毅然决然地搬到了乡下。

新家坐落在河畔，这是一栋粉刷着白色石灰的漂亮房子。当时我一眼便看中了这栋房子，当场便买了下来。

我猜测这栋房子是拆除后重建的，它的前身应该是一栋西式建筑。不但房屋结构比较少见，庭院里还种植着各种花卉，打理得井井有条。春天来临时，这里一定会更加美丽。

"你看，这里有这么多鲜艳的花朵，你开不开心？"我对茉莉说道。她微微点头。为了茉莉，我也要像前任户主那样精心照料这片庭院。

我最担忧的还是小学的霸凌问题。我最近从新闻里看到，乡下的霸凌行为十分恶劣，甚至出现全家、全村集体实施霸凌的极端情况，受害者的境遇无比凄惨。

我也想好了，一旦茉莉成为霸凌的对象，就让她退学，我自己

在家里教她。在茉莉出生之前，我曾在中学任教过一段时间。

好在最后我发现是自己杞人忧天了。

五官端庄，清秀可人，又穿着一身我为她挑选的素雅可爱的衣服的茉莉，在学校里被奉为"来自大城市的大小姐"。

她害羞怕生的性格也为她赢得了"优雅"的赞誉。

茉莉依然没有结交到亲密的朋友，但是周围的孩子都对她笑脸相迎，很喜欢找她聊天。茉莉的笑容更加灿烂了，而且自从来到这里，她的哮喘也没有复发过。

美中不足的是这里邻里间的相处方式让我感到很困扰。T先生在当地是一个举足轻重的人物，但是这人总是寻找各种机会与我攀谈。这种乡下特有的过分亲昵的交往方式让我感到十分不适。

起初我还耐着性子出席一些聚会，但是话题不外乎家长里短的闲言碎语。我当然希望茉莉能够在一个自由自在、无忧无虑的环境中成长，这些日常聚会也证明了这是一个平静祥和的地方，只不过我并不愿意把时间浪费在这些无谓的社交活动上。

果然，积极融入邻里关系的做法给茉莉造成了负面影响。问题不是出在身体上，而是心理。

一天，茉莉待在二楼自己的房间里，我在楼下招呼她吃点心。换作平时她肯定会立刻蹦蹦跳跳地跑下楼，可是这次却迟迟没有动静。我心想，她是不是看书看入迷了，于是决定上楼看看。

我上楼梯刚上到一半，就觉察出了异样。她的房间里传来阵阵笑声，那是茉莉的笑声没错，但是茉莉从来都是笑不露齿，眼下她竟然在放声大笑，声音之大连我这个当妈的都是头一次见。

"茉莉。"

我打开门,喊了一声她的名字,结果她立刻收住了笑声,抬头看向我。只见茉莉坐在地上,面前放着之前她姥姥给她买的一个带小镜子的八音盒。上紧发条,这个八音盒便会播放《拉德斯基进行曲》[①],镜子前面士兵模样的小人也会随着乐曲挥舞军刀。记得当时我母亲劝茉莉说,茉莉是女孩子,买芭蕾舞小人的那个八音盒好不好。一向顺从的茉莉竟然难得倔强了一次,她坚持要买这个军队八音盒。

"妈妈。"

茉莉脸上绽放出甜美的微笑,握住我的手。

"你在看什么有意思的书吗?"

听到我问她,茉莉摇了摇头。

"我正在和小咪说话。"

"小咪是谁?"

茉莉指向八音盒。

"只要转动发条,小咪就会出现,和我玩捉迷藏。"

而后茉莉还很遗憾地说,妈妈一来她就跑掉了。

这就是心理学当中的"幻想朋友"。是别人看不见的、仅存在于自己幻想中的朋友。

某项研究显示,二至七岁的儿童中有一半拥有幻想朋友。这不是一种异常现象,而是孩子正常发育的表现。不过,一些存在解离性症状的孩子,或者说得更直白一点,独生子女以及孤独的孩子拥

---

① 管弦乐曲,奥地利作曲家老约翰·施特劳斯作于1848年,是老约翰最著名的代表作。

有幻想朋友的概率更高。

茉莉是独生女，身边也没有年龄相仿的朋友，但是在我们搬到这里之前，她也从未提到过这个"朋友"呀。

显然，是这里的环境，还有我，让她陷入了孤独之中，而且这份孤独比当初她无法适应小学生活、终日形单影只的那种孤独更加强烈。

我开始找各种借口逃避聚会。不是说头疼，就是说累了。这里确实民风淳朴，他们并没有因此疏远我或是不高兴，反而对我关怀备至，可是这种好意又给我平添了沉重的负担。

因为他们日复一日地登门看望我。

有人做了滋补身体的饭菜，有人煎了中药，还有人拿来了成分不明的家酿酒。真是大开眼界，他们不仅让我吃，还让茉莉也尝尝看。我把这些东西统统埋在院子里。不熟悉的人做的吃的喝的我可不敢吃。但是这些食物肯定不含添加剂，倒是优质的肥料，说不定能让花朵绽放得更加娇艳。

居然还有人揶揄我说，成天到晚锁着门，真不愧是城里人。自家的门自家的锁，凭什么不能锁门？

终于，我忍无可忍，严词拒绝了他们。

"这些东西治不好茉莉的病，你们不用再费心往这里跑了。"

然而无济于事。

人们操着浓重的口音七嘴八舌地说，各种法子都试过了，还不见好转，那肯定是水土不服，要不请一位驱魔师过来看看吧。而且其中一位老人的一句话更是惊掉了我的下巴。他问我："小茉莉是看到什么了吧？"

毫无疑问说的是茉莉的幻想朋友。

我从未向任何人透露过茉莉拥有幻想朋友，我也叮嘱茉莉不要告诉同学，那么这些老人们又是从哪里得知这件事的呢？茉莉毕竟还是个孩子，也许是她上学时无意间说漏了嘴，同学又告诉了家长，进而传得整个村里尽人皆知。

在这种情形下，委婉的拒绝已经行不通了，到头来还是请来了驱魔师。我本不想把茉莉也牵扯进来，可是事已至此，我已然做不了主了。

这位被尊称为"式喰大人"的驱魔师是个打扮得很洋气的男人，而且长得仪表堂堂，去当银幕上的男一号也是绰绰有余。在我的想象中，驱魔师应该都是形象猥琐的中年男人，因此见到那人之后颇为惊讶。一问才知道，他不是本村人，而是T先生特意从邻县请过来的。无论是婚丧嫁娶还是房屋奠基，乃至寻医问药，T先生家族历代都会请式喰大人前来处理。

式喰大人一看到我和茉莉，英气勃勃的剑眉当即就蹙在了一起。

"大事不妙呐。"

"那个，你倒说说是怎么回事呀。"

我怒气冲冲地瞪着他，但他完全无视我和茉莉，径自转过身，面朝T先生，继续说道："怎么就没人告诉她们呢？她们事先知道的话，也不至于闹到这步田地。"

刚才还叽叽喳喳看热闹的老人家们顿时鸦雀无声。

"我早就说过，不要把小孩子带进来。没看见花都不开了吗？"

"您说得对，可是我们也无能为力呀……"一个据说是T先生亲戚的老人支支吾吾地辩解道。

青年深深地叹了一口气，恨铁不成钢似的跺着脚。胆小的茉莉很害怕这样巨大的声响。

"喂，别跺了好吗！吓到茉莉了！"

"对不起啊，你叫茉莉对吧？这孩子长得真可爱。"

青年像换了个人一般，他注视着茉莉，脸上挂着温柔的笑容。茉莉害羞地低下头。这再正常不过了，倘若我再年轻十岁，也难免为之心旌荡漾。

"茉莉小姑娘，你能和我说一说你家里的那位朋友吗？就是你妈妈看不见的那位朋友。"

茉莉点点头。

"你先等一下。那就是所谓的幻想朋友，是孩子生长发育过程中的一种正常表现！你不要弄得这么神神道道的！"

"茉莉妈妈请不要插嘴。"

青年的语气看似平静，实则锐利得如同能够划开人的皮肤。我不由自主地闭上了嘴。

"当真啊，茉莉，那位朋友是男孩子还是女孩子呀？"

"……小咪既不是男孩子也不是女孩子。"茉莉声如蚊呐。

话音刚落，那群老人发出阵阵哀叹，可惜口音太重，我听不懂他们在说什么。但是这个氛围不言自明，显然发生了非常可怕的事情。

"喂,好好回答问题!事到如今还在胡说八道!"

青年怒吼一声,茉莉的头埋得更低了。

青年蹲下身,视线与茉莉齐平,挤出一丝微笑。

"抱歉啊,我不是在对茉莉发火。那位朋友有没有向你提出过什么要求呢?"

"说是要经常一起玩。"

"玩什么?"

"捉迷藏。"

青年面色一沉,口中念念有词,似乎陷入了沉思。

老人们也是一脸忧虑,有的人甚至流下眼泪,仰天长叹。

这些人仿佛是受到了某种邪教的蛊惑,在我看来,眼前这番景象比神神鬼鬼更加可怕。利用恐惧感来控制对方,不正是洗脑的惯用手段吗?哪怕这位驱魔师既年轻又帅气,不,正因为他年轻帅气,才更要小心提防。

"茉莉妈妈。"

青年突然抬头看我。

"那个,能否让我去你家里看看?唉,这恐怕是唯一的方法了。"

"不、不可以。"

我勉强从喉咙里挤出几个字。这个青年的眼睛非常可怕,他的瞳孔不是日本人里常见的浅棕色,而像是多种颜色重重叠叠地混合在一起,既幽暗又深邃。

"没有别的方法了呀,再这样下去,茉莉就……"

"住口!"

我发出一声震耳欲聋的断喝，声音之大连我自己都吓了一跳。我借着这股气势叫道："住口！住口！突然就要闯进别人家里，你们究竟想要干什么？我们好不容易过上了安生日子，一天天地没完没了往我家里跑，吃不好睡不好，还有茉莉净说胡话，都拜你们这群人所赐！喂，为什么天天跑来我家？你们就这么闲吗？你们没别的事可做了吗？我可是烦透了。我才不管你们是真心实意还是别有用心，反正我是不会吃那些乱七八糟的东西和药，我全都给扔到院子里去了！"

"舞花女士，你瞧瞧你干的这事儿……难怪那些花……"T先生望着我，眼神里满是责备。

"真是不可理喻，我凭什么要迁就你们这帮臭乡下的陋习？简直是愚蠢至极！这座房子是我买的，轮不到你们说三道四！你们有一个算一个都入了什么邪教吧？恶心恶心恶心恶心！我不想再听你们说话了！"

茉莉泪眼婆娑。可怜的茉莉被一群奇怪的家伙团团围住，还要被问东问西。茉莉，我一定会保护好你的。

接着，我抱起茉莉，头也不回地离开了T先生的家。

事后静下心来想一想，当时我的言辞有些过激。或许村民们虔诚地相信"式唵大人"，也是发自真心地关心我们，所以才将其请了过来，而且T先生还是当地有头有脸的人物。话说到那种地步，很可能会被村里人孤立。

那场矛盾似乎并未影响我在村里的日常生活，我去扔垃圾，收垃圾的照收不误,我去买东西,商店也是照常接待。

但也是从那天开始,骚扰行为就悄然出现了。

清晨,我像往常一样在门口目送茉莉去上学,然后动手拾掇庭院。我拔完后门的杂草,正想回屋里洗手的时候,突然瞥见几个身穿纯黑和服的女人,面朝玄关,直挺挺地站在正门外。

这些女人默不作声,纹丝不动,模样很吓人,我也不敢上前搭话。或许她们有事相求,但我心想多一事不如少一事。因此她们刚一出现,我便闪身躲在了花坛后面,大气也不敢出。艳阳高照,阳光炙烤着我的脖子,大滴大滴的汗水顺着脸颊流淌下来。我感觉自己已经到了极限,于是一咬牙站了起来,而那些穿着和服的女人们也在眨眼间凭空消失了。

当晚,我被一阵怪声惊醒,听上去像是什么东西在摩擦墙面。

起初我以为是虫子或耗子,但是声音明显不对。声音的源头在玄关附近,我战战兢兢地前去查看,只见毛玻璃上映出一个影子,像是一个弓腰驼背的人。我心想,该不会是那群老人吧,肯定是专门趁天黑了来闹事的,这帮乡下人可真是够阴险的。

但是我必须保护茉莉,于是我壮着胆子怒喝一声"什么人"。那个影子立刻跑远,直至消失不见。我放下心来,回到卧室,可是刚进屋就又听见了唦啦唦啦的声音,这一次是从反方向的窗户传来的。我赶过去大骂一通,声音再度消失,就这样反反复复,一直折腾到天亮。

这帮村民一来没有对我施加暴力,二来没有对我施加冷暴力,更没有禁止我出入商店,他们只是如影随形地蹲守在我的身边,消磨我的精力，一周之内天天如此，我自然被折磨得心力交瘁。我再也没睡过一个好觉，一闭上眼睛，不是那些穿着不吉利的黑色和服的女人们在我眼前飘来飘去，就是听到什么响动，脑海中立即浮现出那些佝偻着身子的老头老太太。即使是大白天，我也疲惫不堪，睡眼蒙眬，做什么都提不起精神。茉莉放学回家，我也很难像往日那样陪她聊天，她也因此越发依赖她的"朋友"。从学校回来的第一件事，就是上紧八音盒的发条，然后"咯咯"地笑个不停。我的疲惫对她而言似乎无关紧要，我甚至都觉得茉莉没有以前那样可爱了。

"你在做什么呢？"

"啊，妈妈。"

"妈妈，这不是我想要的回答。"

嘀哩哩嘀哩哩嘀哩咚咚咚。八音盒播放着《拉德斯基进行曲》，它的旋律激昂、热烈、斗志昂扬。小士兵随着节拍欢快地舞蹈，挥舞着牙签般大小的军刀。

"我问的是你在做什么。"

"小咪啊……"

"小咪不在这里。"

嘀哩哩嘀哩哩嘀哩咚咚咚。

"在这里。"

"不在。"

"在！"

嘀哩哩嘀哩哩嘀哩咚咚咚。

"就是因为妈妈来了，小咪才消失的！"

"你没长耳朵吗?我说了,小咪不在!"

那个令人烦躁的八音盒被我一脚踢飞。

嘀哩哩嘀哩哩嘀哩咚咚咚。音乐并没有停下来。

"不存在!小咪什么的根本不存在!"

我不停地用脚踩踏着八音盒,小兵的脑袋都掉了下来。

嘀哩哩嘀哩哩嘀哩咚咚咚。旋律渐渐变弱,但我仍在一脚接一脚地踩着、跺着、踢着。茉莉在哭泣。嘀哩哩嘀哩哩。她哭得满脸通红,活像一只猴子。不起眼的军刀扎穿了我的脚底。嘀哩哩。可能是出血了。嘀哩哩。这个声音仍未停止,茉莉在哭泣,她在我眼里一点也不可爱。茉莉。嘀哩哩嘀哩哩嘀哩咚咚咚。

"妈妈。"

耳边传来了一个男人的声音,刹那间我的肩膀仿佛卸下了千斤重担,那是你的声音。

茉莉扑倒在地,周围散落着八音盒的碎片,无数细小的木片扎进我的脚底,我的脚血肉模糊。

呼呼……嘶嘶……

茉莉许久未复发的哮喘卷土重来了。

我手忙脚乱地从柜子里取出吸入器,让茉莉吸入药剂。当我触碰到她的时候,我感觉到她紧张地绷直了身体。

我怎么会做出这种事?茉莉是这个世界上对我最重要的人,我怎么会觉得她不可爱呢?即便那只是短短的一瞬间。

我不住地向茉莉道歉。然而从那天起,茉莉就开始回避与我目光交汇。

我濒临崩溃，原本完美无缺的家现在像是一座囚禁我的牢笼。

我意识到自己应该先向T先生道歉，当然他可能不会原谅我，但即便如此我也要表现自己的诚意，只要那些骚扰行为不停止，我们母女俩就会变得更加疯狂。

当我拎着母亲寄来的"虎屋"羊羹登门拜访时，T先生似乎颇为意外，但他还是亲切地道了一声"你来啦"。

T先生的家人们陪着茉莉聊天，茉莉露出了久违的笑脸。或许她再也不会这样对我笑了。

但是，眼前这些人真的是连日骚扰我们的人吗？似乎T先生，还有T先生的家人，都是发自肺腑地关心着我们呀。

"不用担心，我已经去请式喰大人了。"

T先生说着摸了摸茉莉的头，脸上露出真挚、温柔而又慈爱的表情。看着他眼角笑眯眯的皱纹，我忽然怀疑那些骚扰都是误会，T先生也许真的是一个诚心诚意关心我们的好人，否则又该如何解释他主动帮我们请式喰大人呢？骚扰行为应该与式喰大人无关。只要T先生不再骚扰我们，那么我们的生活便可以重归宁静。

我站在那里，一时间手足无措，这时T先生看向我，问道："舞花女士，你听说过活人献祭吗？"

"为什么突然说这个？不好意思，我对宗教不感兴趣。"

"别担心，我可不是要吸引你信教，只是问问你知不知道而已。"

"这个，不太了解。"

T先生慢悠悠地捡着地上的小石子，堆成了一个塔楼的形状。

"活人献祭就是人牲，供品，也就是献给神明的食物。"

我用余光搜寻着茉莉的身影。好在我看到一个女人正在教茉莉折纸，茉莉似乎玩得很开心，并没有注意到我们之间的对话。我不希望她听到这样恐怖的话题。

"我还是想问，你突然谈到这个话题，究竟想说什么？"

"你眼下也闲来无事，不妨一起聊聊……当真的，你觉得世上有没有神？"

这个问题我不知道如何回答。如果不想冒犯T先生和这里的村民，那么正确答案应该是"有"。可是，万一对方追问我"你真的相信吗""神真的存在吗"，我只能是哑口无言。说句实话，我并不相信世上存在神明。

圣诞节来临就欢度圣诞，新春佳节去神社参拜，在佛寺举行葬礼。我就是这么一个典型的无信仰者。

"这么说吧，我偶尔也会祈祷。"我绞尽脑汁给出了一个模棱两可的回答。

"我觉得神明并不存在。"

T先生语调出奇地平静。不知为何这样平平常常的一句话，竟让我感到一阵心惊肉跳。

"我觉得世上没有神，但是活人献祭，当真是有的，那些被献祭的人也当真不见了。一来没有神，二来活人献祭又是在供奉食物，那么这些食物是供给谁的呢？"

沙沙沙。一阵潮漉漉的风吹过，林间传来树叶相互摩擦的声音。天空的颜色凌乱不堪，像是两种颜色的颜料打翻在了画纸上。太阳就要落山了。

恐怖的夜晚就要降临了。比起入夜时分待在 T 先生身边，我宁愿回到自己那座阴森的房子里。

"是人吃人。活人献祭，其实就是供奉给了活人。"

式喰大人的真名叫 M。

M 出现了，开着一辆纯黄色的面包车。那辆面包车脏得不堪入目，我尽管十分诧异，但转眼看到 M 铁青着脸，顿时明白现在不是打听这种事情的时候。

"T 先生已经大致向我说明了情况，我自己也猜了个七八分。我们快走吧。"

在 M 的催促下，我们匆匆钻进面包车。茉莉握着那位女士的手，迷迷糊糊地打着瞌睡。可能是之前玩得太累了吧。

车子沿着河边行驶。这一带只有零星几盏路灯，到了晚上几乎伸手不见五指。

前方隐约出现了一丝微弱的灯光，那是我们的家。

出门之前我应该关上灯了。

"糟糕！"

M 猛踩刹车。我的后脑勺重重撞在椅背上，疼得呻吟了一声。睡得正香的茉莉也被急刹车给颠得飞了起来，醒来后的她坐立不安地四处张望。

我瞪着 M，用目光表达着自己的不满，而 M 的神情越发严肃。
"茉莉妈妈，如果现在不进去，就永远也进不去了。"
简直是莫名其妙。

M 瞥了茉莉一眼，重重地叹了一口气，而后像是下定了决心似的抬起头说道："这一关非过不可，我们从这里徒步过去。T 先生和保姆请在此等候，仅需茉莉与茉莉妈妈随我前行。"

下车后，我发现空气比方才更加阴湿憋闷。我不禁想起很久以前去印尼旅行时遭遇的阵雨，比那次是有过之而无不及。弥漫着尘埃的空气让我头痛欲裂。我向茉莉伸出手，她身体颤抖着低下头。我的头越来越疼。

我头重脚轻，一步步艰难地向灯光处挪动。突然，茉莉发出一声惊叫。

"怎么了？" M 抢先问道。

"声……"

是声音吗？我侧耳倾听，果然听到似有若无的音乐声。

我拼命用耳朵辨识那支离破碎的声音。当我在脑海里将这些碎片组合起来之后，我不由惊起了一身鸡皮疙瘩。

是《拉德斯基进行曲》。可是那个八音盒分明已经被我踩烂了，变成一地碎片了啊。而那脑袋脱落的小兵和牙签一般的军刀还扎进了我的脚，直到现在我还能清晰地感受到脚底传来的疼痛。

嘀哩哩嘀哩哩嘀哩咚咚咚。激昂热烈，但又阴森可怖。嘀哩，反复回响，嘀哩哩，一遍又一遍，嘀哩哩嘀哩哩，激昂，咚咚咚，热烈。

"不要听。"

M的声音直捣我的鼓膜。

"左耳朵进右耳朵出即可,不要认真听,更不要深究。这些声音没有任何意义,只不过是虚张声势。起码现在是这样。"

不要认真听,更不要深究。

声音确实存在,旋律却不是《拉德斯基进行曲》,而是一种空气挤压金属的沉闷的声响,就像是有人在踩风箱。为什么我刚才错听成了《拉德斯基进行曲》呢?难道我的脑袋真的出现了问题?

M的右手紧紧攥着我的左手,左手则抓着茉莉的手。他的手湿漉漉的。我这才发现他面色苍白,汗水如雨。

"你没事吧?"我问道。M勉强挤出一丝笑容。

"怎么可能没事?不过,接下来,无论如何……茉莉妈妈要坚定一个念头,那就是好好保护茉莉,即使实际上什么都做不了,心里也绝不能放弃……"

说罢他便双唇紧闭,牵着我们的手,深一脚浅一脚地向房子走去。

滋滋滋滋。

当我们走到能够看到玄关的门牌的时候,听到了"滋滋"的声音。

滋滋滋滋。

像是在拖动着什么重物。

滋滋滋滋。

我正要寻找声音的来源。

滋滋滋滋。

M 满面惊恐地冲我摇摇头。

滋滋滋滋。

"现在要给茉莉妈妈蒙上眼睛滋滋滋不要乱跑滋滋滋也不要发出声音滋滋滋。"

滋滋滋滋。

M 蒙上我的眼睛滋滋滋。茉莉也滋滋滋滋。

M 拉着我的手步入玄关,四周忽然陷入一片沉寂。我的双眼被布蒙得严严实实,只能感知到微弱的光线,但根本无法判断自己所处的位置。

就这样我转悠了几分钟,感觉自己就像套着笼头的牛马,而且一个疑问涌上心头——我家有这么大吗?还是我一直在原地转圈?

还有，拉着我的手的人真的是 M 吗？茉莉又在哪里……

突然，一双手牢牢地搭在我的肩膀上。还没等我叫出声，嘴巴也被捂住了。

"茉莉妈妈，是我。请坐。" M 小声在我耳边说道。我颤颤巍巍地坐下。从布料摩擦的声音判断，M 和茉莉也一同坐了下来。

这时，一阵犹如要撕裂空气一般的声音传来。我用力嚼住腮帮子，拼尽全力克制着尖叫的冲动。

M 全神贯注地诵念着什么，内容很陌生，像是一段咒语或经文。

滋滋滋滋。

我依然能听到那个声音。*滋滋滋滋滋*。

太奇怪了。是什么在*滋滋滋滋*？为什么会有*滋滋滋滋*的声音？难不成是在戏弄我？

按理说茉莉听到*滋滋滋滋滋*的声音会哇哇大哭的呀。*滋滋滋*。可是我并没有听见哭声，只有 M 诵经的声音，以及穿插着经文中的*滋滋滋滋滋*。

咣当，似乎是椅子倒了，滋滋滋的声音随即消失了，所有的声音都消失了。

眼前一片漆黑，我忽然意识到自己正闭着眼睛，又小心翼翼地睁开眼，可是因为蒙着眼罩，什么都看不见，但我能感受到房间里面亮着灯。

见　铃木舞花

　　我想要摘下眼罩……我心想，摘下眼罩，我会不会发现只有我一个人孤零零地坐在房间里的椅子上？而这一切只不过那些人充满恶意的骚扰的延续，是T先生和全体村民在联手愚弄我？

　　周围安静得连根针掉地上都听得到。我的耳朵逐渐适应了这份寂静，我甚至能够听见平日难以察觉的虫鸣，以及远方潺潺流淌的河水。

　　乃至脉搏的跳动。

　　忽然，我听到了短促的呼吸声。那该不会是茉莉吧？M跑到哪里去了？我终归还是上当了。

　　我想把茉莉抱在怀里。她该有多害怕啊，害怕得连声音都发不出来。

　　我摘掉了眼罩。

滋滋滋滋滋滋滋滋滋滋滋滋滋滋滋滋滋滋滋滋
滋滋滋滋滋滋滋滋滋滋滋滋滋滋滋滋滋滋滋滋
滋滋滋滋滋滋滋滋滋滋滋滋滋滋滋滋滋滋滋滋
滋滋滋滋滋滋滋滋滋滋滋滋滋滋滋滋滋滋滋滋
滋滋滋滋滋滋滋滋滋滋滋滋滋滋滋滋滋滋滋滋
滋滋滋滋滋滋滋滋滋滋滋滋滋滋滋滋滋滋滋滋
滋滋滋滋滋滋滋滋滋滋滋滋滋滋滋滋滋滋滋滋
滋滋滋滋滋滋滋滋滋滋滋滋滋滋滋滋滋滋滋滋
滋滋滋滋滋滋滋滋滋滋滋滋滋滋滋滋

刺骨之痛

滋滋滋滋滋滋滋滋滋滋滋滋滋滋滋滋滋滋滋
滋滋滋滋滋滋滋滋滋滋滋滋滋滋滋滋滋滋滋
滋滋滋滋滋滋滋滋滋滋滋滋滋滋滋滋滋滋滋
滋滋滋滋滋滋滋滋滋滋滋滋滋滋滋滋滋滋滋
滋滋滋滋滋滋滋滋滋滋滋滋滋滋滋滋滋滋滋
滋滋滋滋滋滋滋滋滋滋滋滋滋滋滋滋滋滋滋
滋滋滋滋滋滋滋滋滋滋滋滋滋滋滋滋滋滋滋
滋滋滋滋滋滋滋滋滋滋滋滋滋滋滋滋滋滋滋
滋滋滋滋滋滋滋滋滋滋滋滋滋滋滋滋滋滋滋
滋滋滋滋滋滋滋滋滋滋滋滋滋滋滋滋滋滋滋
滋滋滋滋滋滋滋滋滋滋滋滋滋滋滋滋滋滋滋
滋滋滋滋滋滋滋滋滋滋滋滋滋滋滋滋滋滋滋
滋滋滋滋滋滋滋滋滋滋滋滋滋滋滋滋滋滋滋
滋滋滋滋滋滋滋滋滋滋滋滋滋滋滋滋滋滋滋
滋滋滋滋滋滋滋滋滋滋滋滋滋滋滋滋滋滋滋
滋滋滋滋滋滋滋滋滋滋滋滋滋滋滋滋滋滋滋
滋滋滋滋滋滋滋滋滋滋滋滋滋滋滋滋滋滋滋
滋滋滋滋滋滋滋滋滋滋滋滋滋滋滋滋滋滋滋

橘家的丧葬习俗②

采访人　酒井宏树

被采访人　岩室富士男

我其实不太愿意接受采访，毕竟我所做的事情招致了不好的结果……不能就这么一走了之。

大家都说那房子不能住人。可是又有什么用呢？真是没办法。

我也很对不住物部先生（即"式喰"家族，"式喰"是当地特有的一种职业，相当于巫师）……听说齐清先生（物部齐清）年轻有为，法力高强，以为只要他出手，肯定是手到擒来……当真啊，他也告诉过我小孩子不行……无论如何都不能住人，可我……唉，都是借口，我怎么也不应该用不知情的人做替罪羊啊。

茉莉（铃木茉莉）是个多么可爱的孩子啊，见到我就"爷爷爷爷"的叫个不停，还把精致的折纸送给我，真是个好孩子。舞花女士（铃木舞花）也不是个坏人。可能因为是大城市来的吧，她有些嫌我烦，对我爱答不理的。不过这也是人之常情。她真的很了不起，年纪轻轻就做了寡妇，却还能把茉莉教育得这么乖巧懂事。实在是了不起……

唉，对不起、对不起，事到如今追悔莫及啊……

那片土地啊，是个灵穴。你听说过灵穴吗？就是一个鬼魂聚集的地方。我祖上曾经请教过当年的"式喰大人"，也就是物部先生家的先人，说是建造一座庙宇什么的，总之是要堵住灵穴。种植花卉，也为了创造结界。

据说在堵灵穴的时候，好多人都被带走了。可是这也是没办法的事，谁让我们祖上做过那种事情呢。刚开始，先是盖了一座小屋，但是"式喰大人"说这样镇不住鬼魂，事实上也的确跑出来不少鬼魂，还说房子一定要有人住，否则就是白费力气。哦哟，于是人们又设法将小屋挪到了别处，在灵穴之上盖起了一座正儿八经的房子。可惜那座房子已经没了，让深井家（橘家的旁系）的媳妇一把火烧了。

深井媳妇被虐待的事情没有人不知道。都是因为那个什么婆媳关系，她也是为了报复。她自己也知道，房子没了会出大事。

事实也确实如此，出大事了。我印象很深，由于事态严重，不只是物部先生，还叫来了津守先生（另一个"式喰"家族）。又死了好多人，唉，深井家都灭门了。

后来重建房子的时候改成了这种西洋风格。物部先生说了，建成这种造型有他的用意。当真，外观是又漂亮又可爱，有不少人都

见　铃木舞花

看上了这栋房子，可是全都住不长久。说是能听见异响，这不明摆着的事儿嘛。哎呀，还能看见女鬼嘞。咳，小屋不还在那里吗，你不也看到了，那些画，我看着也觉得瘆得慌。唉，慢慢地就有人开始把那里叫作鬼屋了。上一任住户是一个叫史密斯的美国人，说是就喜欢吓人的东西，好像这栋房子在美国还挺有名气的，他说是在什么人的博客上看到的。

是不是多米尼克·普莱斯？

多米尼克……啊，你说的是多姆吧？好多年了，人不错……当真啊，史密斯应该也知道多姆的结局吧。

本以为史密斯能住得长一点，结果突然就不知去向了，大概是回国了吧。连招呼都不打一声，我们也很头疼。不知道怎么回事，这烂摊子就成了我的了。我也没招啊，只能另寻房客。就这样，好不容易才找到了舞花女士。

（说到这里富士男忽然哭了起来，采访暂时中断）

对不起……现在说什么都已经晚了。第一次见到茉莉的时候，她躲在舞花女士背后。我看她柔柔弱弱的，一问才知道是东京的空气不好……舞花女士急火火的，说要赶快决定，估计我介绍的时候她也没听进去。但是我确实没有告诉她小孩子不能住，小孩子住进去会有危险。怪我！是我不对！

……不好意思。果不其然，■■■出现了，让茉莉看见了。如果她看到的那个东西，能够确定性别，就还好……

齐清先生当时之所以发那么大的火，也是情有可原，情有可原的。

如果看到的是女孩子，就是一个名叫阿松的橘家的孩子。她只是喜欢和小孩子玩，尽管她也不是什么好东西。

如果是男孩子，那就好得多，只要搬走就解脱了。

我也不知道该怎么说。那个家里冒出来的……说冒出来的好像有点不礼貌。就是聚集在灵穴里的东西……假如那个东西的性别无法分辨，那可就糟糕透了。

那个脏东西一旦出现，就算搬家也甩不掉。没办法，我只能找来齐清先生，问他该如何是好。齐清先生大发雷霆，说你们死了就万事大吉。他一个脾气那么好的人……可是即便我们都死了也无济于事。这件事不但我们知道，齐清先生也是心知肚明。

所以，我们就做了那个。用你能听得懂的说法，就是"驱魔"。

除了式喰大人，其他人一律不能看见■■■，因此他蒙上了茉莉与舞花女士眼睛。

呀，我当然不在场，不过我曾经亲眼见到过"驱魔"仪式。众人在■■■外围围成一圈，虔诚地祈祷说你回去吧……更何况对手是■■■，普通的驱魔仪式怎么可能应付得来啊。这个仪式必然有所不同，但是为了能让你听懂，就这样打个比方好了。

唉，哎呀，结果你已经知道了。没错，齐清先生无力回天，四肢都被带走了，好不容易才缓过气来，能开口说话了……可是已经是个废人了。像以往那样呼风唤雨是不可能了，那副样子……太惨了，活像一条蛆虫。物部先生决意与橘家断绝关系，这也在情理之中。舞花女士的葬礼由她的母亲主持，唉，费用由我们承担，是所有的费用。这也是理所应当的。

……再说茉莉。我给津守先生打电话，说齐清先生已经成了这样，你无论如何也要把茉莉弄回来啊。津守先生接起电话说自己感觉不妙，事情已经无可挽回了什么的，还没说两句就要挂电话。我拼命央求，说齐清先生是指望不上了，请你行行好，把那还是个孩子的茉莉弄回来吧。津守先生质疑了齐清先生的身份，向我确认我说的齐清到底是不是齐清先生。末了告诉我说，连齐清先生都沦落到这般田地，他更是无能为力。我又再三请求，他便直截了当地说，别说了，挂了吧。我质问他说你这人怎么这样，他回答说"我们的通话被那东西监听了，它就要来了，就要来了"。然后说"情况我已经知道了，我会尽力而为，你快挂电话吧"……唉，后面的事情你也知道了。津守先生的左胳膊被夺走了。他虽然紧赶慢赶地送来了护符（护身符？），但大家都知道这东西已经于事无补了。

茉莉啊……已经没希望了，大家都知道。

舞花女士的母亲悲愤地质问我们，茉莉的遗体去哪里了。我恨不得把我知道的全都告诉她，但是她当真能相信吗？只有你们这种人（略，歧视用语）才会相信。山岸那个糟老头子（参看 ※）才什么都往外说。你这种人呐，真是的……

　　　（之后一段时间，富士男一直在破口大骂）

如果说有一丝安慰，那便是至少找到了舞花女士的遗体。这真是唯一的安慰了，她的模样就跟睡着了似的。我猜是她那已故的丈夫庇佑了她，可怜呐，茉莉……（富士男用几乎听不见的声音说着什么）。

喂，你不会觉得你知道了■■■之后还能安然无恙吧？你不会觉得你能成为逃过一劫的幸运儿吧？

■■■一直在盯着我们呢。唉，它也盯着你呢。

※ 酒井宏树"橘家的丧葬习俗①"、■■■、20■■、p13

* * *

这个故事是我曾在"语"所引用的报道的记者——酒井宏树——直接寄给我的。

稿子被很随意地塞在一个牛皮纸信封里，打开一看是粗糙的草纸，字迹也很模糊。我起初以为又是什么乱七八糟的东西，差点直接丢掉（从事这份工作久了，确实会偶尔收到一些奇奇怪怪的文稿）。

幸好是寄到医院，而不是寄到我家里，这个稿子扑面而来的诡异之感就显得没有那么强烈了。

为了了解橘家怪异现象的全貌，我曾通过各种途径咨询过很多人，其中重点请教了对超自然现象深有研究，并且在该类杂志上连载专栏的斋藤晴彦先生，我认为从他那里可以得到有力的证据，毕竟他是一位民俗学专家。

见　铃木舞花

当我讲述完橘家的故事后，他立刻回答说"这是四国的一个有通灵血统的家族"。

有一种东西叫作蛇蛊。众所周知，蛊毒的制作方法是在容器里塞满各种毒虫，比如蝮蛇、蝎子、毒蜘蛛和毒蛾子等等，静置一段时间，它们便会自相残杀。最后存活下来的那一只就是毒性最强的毒物，可以用于施法诅咒。蛇蛊就是用蛇制造蛊毒，有文为证。

> 荥阳郡有一家，姓廖，累世为蛊，以此致富。后取新妇，不以此语之。遇家人咸出，唯此妇守舍，忽见屋中有大缸，妇试发之，见有大蛇，妇乃作汤灌杀之。及家人归，妇具白其事，举家惊惋。未几，其家疾疫，死亡略尽。
>
> 《中国怪奇小说集》1935年出版，冈本绮堂编译

作家村上健司曾说，这种"蛇蛊"不知何时流传到日本的四国地区。相传，一个男人发现了漂流到海岸的长持[①]，男人把长持带回家，与同村人的一番商议，决定平分里面的东西。结果打开长持，竟然从中爬出无数条蛇。这些蛇以迅雷不及掩耳之势钻进了村民家中，而蛇潜入的人家就成了"蛇蛊家族"。

斋藤认为，这可能就是橘家的起源。

回想一下前文的内容。"语"当中出现的雅臣给佐野道治展示的

---

① 近代日本用来装衣服或寝具的木箱。

大缸，应该就是装蛇蛊的容器，各种与橘家有关的传言也都能让人联想到蛇。而且如果橘家人具有通灵血统，那么他们自古以来始终在某个区域内权势滔天也就解释得通了。

此外，这篇以"见"为标题的、关于铃木舞花的报告，当然也可能是酒井宏树虚构的内容，多半是经过斋藤从中联系，酒井才直接寄给了我。

这是一部以铃木舞花为第一人称视角而展开的虚构小说。我之所以称其为"虚构"，是因为酒井宏树在接受录音采访时，铃木舞花已经去世。这是拙劣的恐怖故事的惯用手法——作品中的讲述者死掉了，死后由他人追记。

此外，"一个有着恐怖的原始信仰的家族遭遇飞来横祸，请求驱魔师消灭除厄，但以失败而告终"，可以说是典型的"虚构"情节。

那部题为《忌录》的作品也是如此。关于"这是不是三津田信三换了个马甲的作品"一度在网上引发热议。这部恐怖作品虽然不像三津田的作品那样每个细节都很考究，但同样引人入胜。总而言之，在现代恐怖小说创作中，这是一种较为"流行"的叙事手法。整整一页都被"滋"字填满的写法又相当古典，不过恐怖效果依旧精彩。真希望作者能够体谅一下那些正在值班的读者看到这些内容时的心情。

岩室富士男大概率是橘家旁系的当家人，他的话耐人寻味。"读"里面的阿松和"语"里面的多米尼克双双登场，这种感觉犹如老友重逢一般令人喜出望外。

铃木母女居住的房子恰好建造在岩室富士男所说的灵穴之上，结果一座普通的住家就像神社那样发挥着封印魑魅魍魉的作用。因为无人居住就没有效果，所以要挖空心思寻找住户，而历任住户都遭遇了灵异现象，寻找买家更是难上加难。最终这里成为恐怖迷圈子里尽人皆知的地方。

到这里，多米尼克登场了。多米尼克作为知名怪谈搜集家，他所撰写的博客吸引了一个名叫史密斯的青年。这位青年不但来到这里，而且住进了那座房子，不过他后来失踪了。经过调查，人们发现几个月前，一个疑似史密斯妹妹的人曾在社交平台上用不熟练的日语发布寻人启事。我在网上浏览相关资料，在寻找史密斯下落的过程中，有了一个意外发现，那就是多米尼克的博客中居然没有与"松山"相关的内容。他几乎每周都更新博客，几乎保留了旅居日本时的所有记录，唯独找不到松山之行。既然如此，史密斯又是如何找到那个地方的呢？我越想越害怕，甚至不敢再继续查下去。

以铃木舞花为第一人称视角的故事中提到的"活人献祭"元素同样引发了我浓厚的兴趣。

我曾读过六车由实的《神吃人》，这部作品探讨的主题就是"成为活祭品（人牲）之后的命运"。但是该书是一部民俗学的学术专著，不能将其归类于灵异现象。

T先生，即橘家，具有与蛇通灵的血统。根据山岸老人的叙述，可以推理出这样的结论——异象除了与蛇有关之外，还有就是过去那些被活生生献祭的人的怨念。

而且，这座房子禁止儿童居住。

就像铃木茉莉看到"小咪"，孩子住在这里很可能会看到邪祟，甚至是被邪祟附身。至于"那个不为人知的邪祟如果是女孩子，那么就是阿松"，这个设定也饶有趣味。阿松不但未能实现成为职场女性的愿望，反而被橘家的妖魔鬼怪缠身。

如果是女孩子的话就是阿松，是男孩子则没有明确说明，但如果非男非女，那又是什么呢？从"小咪"这个昵称、蛇蛊家族等线索出发，我们不难猜到，那不是"小咪"，而是脱胎于蛇的形状的、谐音的"小巳"。不过，我并不认为小孩子会喜欢蛇这样的东西，何况蛇会不会玩捉迷藏还有待商榷。

令人疑惑不解的是■■■。前文出现的"■■■■哟"尚且没有头绪，眼下又出现了新的谜团。其实，酒井寄给我的原稿并未将■■■涂掉，我是刻意不将其写出，营造一个悬疑的氛围——这也是玩笑话，只是那个词语乍一看毫无意义，网上也查不到。在弄清楚含义之前，我决定暂不透露。也许斋藤能给出一些线索，我很希望给他看一看原稿。

然而，我发现我竟然渐渐觉得这些不是虚构的系列故事，而是真事。

有人曾说"撒谎的时候要有真有假才不容易被看穿"——或许正是这种在虚构的恐怖故事里穿插真实存在的人物、事件和地名的创作手法，才会让我欲罢不能。

见　铃木舞花

话说回来，在阅读怪谈作品时，读者们是怀揣着怎样的心态呢？是相信它是"真人真事"，还是跳脱局外地认为"反正都是假的"呢？你们觉得哪种心态能够获得更好的阅读体验？

我个人倾向于前者。

突然，无线电话的铃声响了起来，我不禁咂巴了一下舌头。难得遇到节假日，本想趁人少全身心地投入到创作之中，看来又要泡汤了。今日轮到我值班，这意味着我不得不去接待那些在非工作日的白天前来就诊的患者，心中有苦也只能忍着。

"喂？"

"医生，海老原病人到了。"

听声音是前台的金森小姐。金森小姐给人一种"图书馆少女"的感觉——年龄不大，温文尔雅，戴着一副眼镜，头发又黑又长，扎着马尾辫。可是她说话办事的风格和外表截然相反，刚交代给她的事情转个身就会忘得一干二净，遇事老是自作主张，不和其他科室的大夫沟通，对待患者也是敷衍了事，草草几句就把人打发回家了。

就连性格直爽、很少因为工作指责别人的中山护士也经常被她气得火冒三丈，我不止一次目睹中山护士大声训斥金森。可即便是这个时候，金森也总是一副满不在乎的样子，"啊啊哦哦"地应付过去，全然没有放在心上。

因此，我尽量避免与金森小姐共事，现在也是如此。

"金森小姐，提醒过多少次了，请报出患者的全名。还有，麻烦你告诉我患者的病情,不然我很难处理。"

我话还没说完,只听咔嗒一声,电话里什么声音都没有了,只留下我目瞪口呆地举着电话。金森小姐把她自己的话说完,便自顾自地挂断了电话。

这个混账女人。我心有不甘,咬牙切齿地骂了一句,然后一把抓起外套披在身上,走出了家门。

可想而知,节假日的医院几乎空无一人。我穿越寂静的大厅,前往走廊尽头的诊室。不出所料,我并没有看见金森小姐,她经常像这样擅离职守。真是想不通,这种人居然还没有被解雇。

我叹着气打开电脑,查阅电子病历。电子病历的好处就在于即使那种毫无责任心的家伙没有告诉我任何信息,我也能在一定程度上掌握患者的病情。

可是,首先我要确定患者的身份。我在搜索栏输入"海老原",心中暗暗打鼓。果然不行,没有全名我连患者的性别都无从得知。

无奈之下我只得忍着火气拨打金森小姐的电话。海老原患者十有八九在 X 光室(我是整形外科的值班医生),我若是自己去找,万一和患者错过了就更糟了。金森小姐这种超乎想象的蠢货很可能会把患者自己扔在诊室里。

我心烦意乱地拨着她的号码。

"是蛇哎。"突然我背后传来了声音。

是一个女人细弱的嗓音。声调很是平和,听上去却是话里带刺,让人不禁心里一寒。

"是蛇。"女人重复了一遍。

我这才反应过来。原来这就是那位叫"海老原"的病人，而且不是海老原，而是"蛇老原"。

又是这个金森小姐。金森小姐简直是蠢货里的蠢货，不但弄错了名字，还丢下患者玩失踪。可怜这位蛇老原患者，只能自己找到我这里来。刚才我还觉得这位病人的语气听着不舒服，现在心里只有愧疚。本来就身体不适，就诊时还遭受如此待遇，是谁都不会有好脸色的。

我转过身，正想为接待不周而道歉，当我看到她的时候，嗓子忽然哽住了，忍不住想要尖叫。我赶忙噙住脸颊，抑制住尖叫的冲动。

"是蛇。"患者眼神空洞地重复着。只见她的面部中央没有鼻子，整张脸都肿了起来，左眼几乎完全溃烂凹陷，上嘴唇缺一块肉，牙齿也掉光了。

站在我面前的，是一个我只在教科书上见到过的梅毒晚期患者。

您是哪里不舒服？

这句话原本已经形成了肌肉记忆，此时我却说不出口。因为无论我想要说什么，一张开嘴，势必会变成尖叫。

"不能治吗？"她在我的面前坐下，"喂，这里可是骨科医院呀。"

"请……请挂感染科。"

我艰难地憋出几个字，声音颤抖得连我都觉得自己很没出息，连一句安慰患者的话都说不利索。

她笑了起来。我不能确定眼下她的表情是不是真的是在笑，但能听到她发出的"哧哧"的声音。

"你有没有遭遇过不可挽回的厄运？你悔不当初，可是世上没有后悔药，无论做什么都是徒劳。"

"您这是在说什么……"

我还在磕磕巴巴地组织语言，而她的脸已经凑上近前，我甚至能够感觉到她的呼吸。

"喂，我的骨头疼，疼得不得了。"

"那……那我带您去挂号吧。"

我从椅子上霍然起身，只想赶快逃离这里，手腕却被她瘦弱的手指抓住。

"你也会变成这样。"

她张开血盆大口，向我扑了过来。

我紧紧地闭上双眼。

等了一段时间，什么也没有发生。四周鸦雀无声，就连原先那种气息也荡然无存。

我战战兢兢地微微睁开眼睛，眼前只有诊室里奶油色的壁纸。

"医生。"

"哇啊！"

我大叫一声，颜面扫地地从椅子上摔了下来。

抬头一看，是金森小姐，她正透过红框眼镜注视着我。

"你怎么了？"

"你还好意思问我！"

为了掩饰恐惧与羞愧，我把怒气倾泻在了金森小姐身上。

"你说话就不能说清楚吗？病得那么严重的病人根本不该找我！"

"什么？"

让我愤怒的是金森小姐竟然还在若无其事地拨弄着发梢，而她那眼神就像在问我是不是脑子坏了。

我深吸一口气，试图平复情绪。这时候就算骂她也是白费力气。

"那个，蛇老原女士呢？"

"蛇老原？"

"你呀你呀，连自己接待的患者的名字都记不住吗？"

在我看来，她重复患者名字的做法就是在故意气我。情急之中，我说话带出了关西口音。

"你发什么邪火呀，吓死个人。我今天没接待任何人，也没叫你来呀。"

"不，你怎么能没打呢。不信你看。"

我按下无线电话的按键，想给她查看来电记录。可是……

"没有……"

不论我怎么找，都找不到来电记录。今天压根没人给我打电话。

金森小姐像看傻子一样看着呆若木鸡的我，笑道："误会解除了——吧？我是听见有奇怪的动静，这才过来看看。我还是头一次看见你发火呢。你别说，我还挺喜欢男人用关西腔说话呢！"

看着她走出诊室的背影，我真想张口来一句"我倒是挺讨厌你"，但最终还是忍住了。看来是我弄错了，误以为医院给我打了电话。机器不会说谎，自己犯了错还冲别人大喊大叫，如此说来反倒是我要向金森小姐道歉。

可是我的心脏依然在怦怦直跳。我不停地做着深呼吸，竭力让自己平静下来。

这一定是我大白天做的一个梦，只有这一种可能。

我确实有很多天没有睡个好觉了。除了工作，还要写作。我早就过了点灯熬油第二天还跟没事儿人一样的年纪了。

估计在这样的状态下，又受到自己创作内容的影响，我才会做这样恶心的梦。不过转念一想，"恶心"可能有些言之过重。我对自己梦里的所作所为感到失望，不论面对何种状况，都不应该用"恶心"去形容病人。

我整个人扑倒在桌子上，接着又坐了起来。换作一位敬业的医生，在离开之前也许会利用这个机会再学习一些知识，但是我今天什么都不想做，只想去买些甜食。想到这里，我准备关电脑走人，但当我下意识地扫视一眼屏幕时，赫然发现上面有一行字。

你也会变成这样。

我差一点又叫出了声。

这句话出现在了搜索框里。

难道是我自己无意间打出来的吗？

尽管这句话让我如鲠在喉，我能做的也只有快快地回到家里。在此我也忠告爱好搜集、记录怪谈的读者朋友务必当心。

我的意思不是说会有灵异现象发生，而是过度投入可能引发意想不到的误会，还会浪费宝贵的时间。当然，这些忠告也不仅限于怪谈。

编

医 生

几个月过去了，不出我所料，斋藤似乎掌握了一些线索。然而，也许是出于学者、研究人员的职业习惯，他并不愿意透露那些尚无定论的记忆。某次他一时兴起，主动联系了我，向我提供了一些线索，并且表示要好生调查一番，可是从那以后任凭我百般催促，他也鲜有回音。

我自己也颇为不顺，不但线索搜集的进度停滞不前，而且在接诊时遇到一位患者突然情绪失控。这个膀阔腰圆的壮汉对我一通拳打脚踢，我被打得头破血流、惨不忍睹。胸椎、腰椎骨折，也就是所谓的压缩性骨折。这种情况我是万万没想到的，因为这种骨折多发于骨质疏松的女性或需要陪护的老年人。走路肯定是不用想了，就连起夜、呼吸都很艰难，万般无奈之下，我只得住进医院，接受一段时间的康复治疗。

而大肠憩室炎成为压垮我的最后一根稻草。我好不容易熬到可以下床走路，忽然感到小腹和大腿根部传来阵阵剧痛。刚开始我还以为是骨折的后遗症，但随后发现自己的尿液浑浊。检查之后发现……是大肠憩室炎。我不得不重返病房。

由于以上种种不可抗力，我想结合自己的思考，把斋藤提供的线索先行介绍给大家。

"肯定是被诅咒了。"中山护士说道。

"哎，诅咒有些夸张了吧？如果把生病或受伤都归咎于诅咒，我们这行就干不下去了。"

"医生，我可没和你开玩笑。"中山小姐微微隆起的独特额头浮现出深深的抬头纹。

"我与你不一样，我对待这种事情都是很谨慎的，我真觉得不能成天琢磨那些妖魔鬼怪了。你不记得水谷了吗？"

水谷是以前一个来我们科室临床实习的男学生，和我们一样对怪谈有着浓厚的兴趣。然而，这个小伙子不满足于"听故事"，还会去进行民俗学的田野调查，号称是"异界探险"。

我也曾好心相劝，希望他不要因为爱好而耽误了学业，不过见他的成绩基本稳定在前十名，我便不再多说什么了。

于是乎，这个小伙子迷上了一个叫作"人十冢"的地方（据说那里曾用来秘密处决教徒），神采飞扬地开展调查。

他决定利用大学六年级的黄金周（回想我的学生时代，在医学系最后一年的黄金周，大家都在备战国考和忙于医院实习，根本不会有游山玩水的想法，想必水谷是因为成绩优异，才有如此宽裕的时间和精力）前往"人十冢"一探究竟，临行前还和我们打了一声招呼。然而,自此水谷便人间蒸发了。

水谷和父亲一直相处得不是很融洽,因而大家私下议论可能是和他父亲有关。唯独我和中山护士两人的看法与众不同,我们认为他的失踪是邪祟所致。

"你说得倒也在理,不过水谷牵涉到了处决隐匿教徒的事情,明显感觉不太对劲,何况水谷失踪到底是不是邪灵作祟还说不定呢。"

听我这样说,中山护士对我怒目而视。

"算了,随便吧,你愿意调查就调查吧。不过别再跟我聊这些事情了,我可不爱听,也不想掺和进去。"

咣当,话音未落,只听身后传来一声巨响,我连忙回过头去。

治疗骨质疏松症的药物阿仑膦酸钠片的卡通吉祥物——波娜琳——滚到了地板上。

左臂摔断了。

"你看吧。"中山护士低声说道,然后转身离去。

不就是掉下来个东西嘛,我正想还嘴,忽然反应过来——波娜琳是一个软质塑胶玩具呀。

当晚,我重温了个人电脑里汇总整理的传闻及相关考察资料。

独眼鱼

■■池中有一块巨石,名为蛇枕。相传,巨蟒休憩时会以此石

编　医生

为枕,尾巴盘虬于一棵色泽异于寻常的松树上。

这条巨蟒时常作恶,袭扰周边村落,某日,领主为驱赶此蛇,特意请来某位神射手,命其射杀巨蟒。

神射手连发十三箭,命中巨蟒左眼,巨蟒落荒而逃。然而,因巨蟒作祟,自那时起,■■池中鱼皆失去左眼,沦为独眼鱼。

* * *

此类传说在日本各地屡见不鲜,其中当属宫城县的都万神社的版本最负盛名。据说,木花开耶姬命的玉绳不慎落入神社池塘,恰好贯穿一条鲫鱼的眼睛,其遂变成独眼鱼。

关于独眼鱼的起源,柳田国男认为"是因为信仰而有意弄瞎了一只眼睛",不过末广恭雄在"独眼鱼"(《鱼与传说》,新潮社,1964年出版)一文中提出了不同的观点。综合相似传说大多与池塘有关,并且一些传说还提到如果将鱼放入大河,鱼眼就会恢复原状等情况。末广恭雄认为"是池水富含氮气,导致栖息在池塘里的鱼类患上了气泡病,眼睛呈现气泡状,从而被误认为是独眼鱼"。

无论孰是孰非,"独眼鱼"都被视为神明的使者等供奉神明的人的象征。

值得关注的一点是鱼缺失的眼睛必然是左眼。

姐妹蛇

昔日，在■■城下有一富商宅邸，名曰■■屋。富商贪得无厌，常以轻重不同的秤欺诈顾客，牟取暴利。

此人有两个女儿，均是城下一带屈指可数的美人，然而左手上都有形似鳞片的胎记。两女酷爱戏水，每晚都要跑去河边，而且嗜吃生鸡蛋，无论家人怎样制止都无济于事。原来，姐妹二人天生便是蛇的化身，而这是富商的贪婪所招致的报应。

渐渐地，姐妹俩的身形越来越像蛇，富商夫妻终于忍无可忍，将二人赶出家门。两女各带了一个男仆，自此流落他乡。

一日，一路飘零的姐妹二人来到■■町，在客栈暂住一晚。是夜，二人告诫店家："不论发生何事，都切勿偷窥我等睡姿。"

然而店家见到美若天仙的姐妹二人，全然无法自持，铤而走险，向卧房内偷眼观瞧。这一看不要紧，只见房中躺着两条巨蟒。店家失声惊叫，踉踉跄跄向后倒去。见到此状，姐姐预言道："这家客栈日后必将经营惨淡。"言罢便与男仆消失在了夜色之中。果然如她所言，后来客栈的生意每况愈下。

姐姐抵达赞岐池，钻入水中。妹妹行至■■渊，对男仆说："此处漩涡的流向并非逆时针，故我不能进入。"但终究只能顺应天命，化作蛇形投身水底。

不久以后出现了这样一首民谣——"姐入池，妹赴渊，可怜见，■■蛇"。

* * *

  我推测这则故事是由"年轻女子投水"一类的民间故事演化而来的。

  "清姬"堪称经典"年轻女子投水"故事。故事中,清姬对英俊的僧侣安珍一见钟情,不顾女性尊严主动示爱,却遭到了拒绝。安珍欺骗她说:"修行结束,我必定与你双宿双栖。"得知自己上当受骗后,清姬一路追寻安珍,然而安珍又谎称两人并不相识。愤怒至极的清姬化身巨蟒,欲置安珍于死地。安珍拼命逃入寺庙,藏身于钟内,蛇身的清姬口喷烈焰,熊熊大火包围梵钟,将安珍化为灰烬。事后,清姬也投水自尽——此类故事的情节大多有些不合情理。

  自平安时代至现代,这个家喻户晓的清姬传说变化万端,衍生出各种各样的版本,而其原型则是"女子与神明成婚"。

  古今东西,很多传说故事中都出现过生活在水边的、能够通灵的女子。她们甘心投水而死,只为与虚无缥缈的神明结合。而与神明结合,相当于在神社中侍奉神灵的女子们也被称为"投水女子"。

  在这些故事中,这一则包含姐妹两个主人公的故事可谓独具匠心,而且这也是另一种形式的"父母造孽、子孙遭殃"的因果报应类故事。

  "女子与神明成婚",乍一看无上荣光,说白了就是"活祭"。

  因此"姐妹蛇"的故事其实可以解读为"一对不幸的姐妹因为贪婪的父亲而沦为活祭品"的悲剧。

嫁女

一名男子育有一女,此女与蛇私通,牵着巨蟒身上的白线,跟随其跳入■■渊。男人为了寻回女儿,涉险进入渊中,竟发现渊底铺着崭新的榻榻米,榻榻米上其女正与巨蟒缠绵。男子苦苦哀劝女儿回头,然而女儿声称已被蛇带至此地,无法返回。巨蟒也立下字据,证明已收留此女,并向男子承诺,只要他将这张字据贴于家门,纵然烈日当空也必降甘霖,饥荒肆虐之时亦可五谷丰登,保佑村子风调雨顺。当年恰逢旱灾,果然如巨蟒所言,贴上字据后众多小蛇化作雨水从天而降。

时过境迁,女子的家族逐渐衰落,仅留下那张字据,保存在神官之处。时至今日,每当有人重新张贴字据,当地便会迎来降水。

不过只有本村人才灵验,如果是其他村子的人贴上字据,既不会出现小蛇,也不会下雨。

* * *

在这个故事中,一条丝线连通了现实世界和异世界,是典型的"鱼钩类神话"。

最著名的鱼钩类神话应该是《古事记》里面的"海幸彦和山幸彦"。

弟弟山幸彦是在山中捕猎的一把好手,哥哥海幸彦是在海上乘风破浪的渔民。

这个故事也是广为人知的"浦岛太郎"的故事的原型,山幸彦便是浦岛太郎。二者的区别在于,浦岛太郎能够前往龙宫城是因为拯救了被欺凌的海龟,山幸彦则是因为不小心弄丢了哥哥的鱼钩,遭到哥哥百般刁难,被逼无奈潜入海中寻找鱼钩。幸好盐椎神①化身海龟,告诉他鱼钩所在的位置。

"浦岛太郎"当中的神女其实就是海神之女丰玉姬。

丰玉姬与山幸彦在龙宫城(绵津见神宫)共同生活了三年,孕育了他们的孩子。由于不能在水中生产,两人决定回到岸上,在海边搭建房屋准备生产,可是房屋尚未建成,丰玉姬便感到自己即将临盆。于是她告诉山幸彦:"我要变回原形分娩,你一定不能偷看。"

但是,山幸彦还是忍不住向产房里窥视,结果亲眼看到丰玉姬变成一条巨大的鳄鱼,像蛇一样腹部贴在地上扭来扭去。山幸彦被吓得慌忙逃走。

丰玉姬因山幸彦窥见她的真身而羞愧难当,丢下刚出生的孩子回到海里。

不过,丰玉姬虽然不满山幸彦偷窥的行为,但是为了养育孩子,她仍请妹妹玉依姬代为抚养,并通过诗歌与山幸彦相互传情。

此外,后人关于故事里的"巨鳄"说法不一,有人说是巨蟒,有人说是鲨鱼,还有人说是大兔子,总之不是寻常意义上的"鳄鱼"。

这个故事与上一则"姐妹蛇"的故事有诸多相似之处。

---

① 又称盐土老翁,乃司掌海洋潮汐、航海之神。在日本的神话故事中,盐土老翁扮演的皆是提供讯息情报给主人公、在重要时刻指示下一步行动的重要角色。

"海幸彦和山幸彦"故事中,也有一个生活在水边的女人——丰玉姬,主题也是人与神的婚姻。

这里有许多关于女子嫁与蛇为妻的传说,版本千奇百怪,既有类似这样有些变味的大团圆结局,也有智斗大蛇夺回女儿的,当然也有结局更加悲惨的。

之所以讲述这个故事,是因为它是人与神明联姻其实就是活人献祭的绝佳证明。

饱受烈日和饥荒之苦的村庄献祭活人,最终成为一片雨露滋养的沃土,这种原始的传说应该是众多神话故事的源头。

祭祀

从前,日本伊予川河畔有一位正直而勤劳的渔夫。一天,渔夫目睹一群儿童在河边欺凌一条小白蛇,他心生怜悯,将小白蛇救下带回家中。

意想不到的是那条小白蛇竟然开口说道:"只要你用心喂养我,让我茁壮成长,你就会成为村中最富有的人。"于是,渔夫尽心竭力地照料小白蛇,宁肯自己忍饥挨饿,也要给小白蛇省下一口吃的。

小白蛇一天天长大了。一天,渔夫挖出了不计其数的金币,小白蛇预言成真,渔夫果真成为大财主。然而,时光荏苒,世代更迭,财主的后代里出现一个贪婪的当家人,他舍不得为小白蛇提供食物,对小白蛇的态度也越发敷衍。

终于，一天晚上，小白蛇化身白龙，扶摇而上，消失在天际。财主家又变回了之前贫穷的渔夫。后来，村民们修建庙宇，供奉白龙，尊称其为"八王子大人"或"七人童大人"。

* * *

这则故事最耐人寻味的部分是"八王子""七人童"这两个称呼。想必每一个熟悉怪谈类作品的读者，应该都对妖怪"七人御先"有所耳闻。在日本一众能够与人和睦相处的妖怪当中，"七人御先"的凶狠残暴可谓是独树一帜，而"七人童"这个词语自然会让人联想到"七人御先"。

接下来，我将为尚未听说过的读者简要介绍几个不同版本的"七人御先"传说。

①吉良亲实及其家臣版本的七人御先。

高知市山端町的若一王子宫境内，矗立着一座吉良神社，供奉的主神是吉良亲实。

吉良亲实是战国时代土佐大名长宗我部元亲的外甥兼养子，在家族中具有举足轻重的地位。元亲长子信亲不幸战死后，本应由三子津野亲忠继承大业，元亲却决意传位四子盛亲，并命其娶信亲之女为妻。这种叔侄之间的婚姻，在当时被视为乱伦，引起了广泛的不满。家臣们个个敢怒不敢言,唯有左京进①吉良亲实直言进谏,最后果然惹恼元亲。元亲命亲实在自己家中自尽。

至今吉良神社前仍保留着亲实自刎后,用于清洗他首级的净手盆。含恨而死的亲实,以及追随他而殉节的七名家臣——永吉飞驒守、宗安寺信西、胜贺野次郎兵卫、吉良彦太夫、城内大守坊、日和田与三卫门、小岛甚四郎,均化为了邪神,给长宗我部家带来了无尽的灾祸。

时至今日,这个传说在高知地区依旧是广为人知,被称为"七人御先"。每当发生重大事故时,人们都会说是"七人御先在作祟"。

②意外事故死难者版本的七人御先。

日本的山阳山阴地区②及四国地区将土地神称为"御先",同时这个词也被用来指代死者的魂魄,尤其多用于指代那些遭遇海难而死的人的灵魂。人们都很害怕碰到这些御先,并且把遭遇御先而惹祸上身的现象称为"行逢"。

有些人将御先视为邪神,习惯于用"被御先缠上"来表述一些现象,也有人认为御先是没有得到供奉的"迷路亡魂"。

在高知县和福冈县,御先被认为是一种"幽灵"。死

---

① 日本古代官职名,负责地方的租税、商业、道路等民政事务以及司法、警察之事。
② 指日本本州岛西部的山阳道、山阴道地区,包含鸟取县、岛根县、冈山县、广岛县、山口县共5个县。

在海上的人的魂魄会化为御先,牢牢缠住渔船,使其无法航行。这种现象也被笼统地称为"御先"。据说,只要把烧火做饭的灰烬从船上抛入海中,御先便会离去。

一些禁忌之地,以及河流悬崖等事故多发地也会被称为"御先"。

在山口县,御先被认为是不幸在海上遇难的大人物的游魂,而这些游魂会附着在他人的身上。一旦被御先附体,身上就会浮肿,最终一命呜呼。

此外,各地传说都包含"死者的魂魄会七个结为一组,共同行动"的内容,称为"七人御先"。七人御先会引发"行逢"祸患,而且一旦七人当中缺少一人,遭遇"行逢"的人将会递补进来凑够七个人。

③蛇身版本的七人御先。

一些作为神明使者的动物也被称为"御先"。

在冈山县,有一种与蛇相关的民间信仰,其信仰的是一种名叫"土瓶"的蛇。与土瓶森林相隔一条山谷的位于南部的山脊之中,有一片名为"七人御先之森"的地方。相传每隔三十年,这个地方便会发生一次被御先附身的死亡事件,如果是被七人御先附身,那么任何消灾除厄、镇压邪祟的方法都是徒劳的。

据说茅刈地区供奉的御先就是蛇。干旱时节,当地还会举行名叫"千波泷"的仪式。

有一种说法是蛇是水神的"御先",苫田地区的人们还会向蛇祈雨。而且许多世家大户都流传着有关白蛇的传说。也有人认为土瓶的真身就是白蛇。

＊＊＊

这三则故事之间存在着千丝万缕的联系,但又各自独立。因为地域临近,情节多有类似,而那种难以言状的诡异氛围又各有千秋。唯一可以确定的是,蛇与神界存在着密不可分的联系。

某个地方

在■■川的村落里,有一个信仰虔诚的女子。女子的父母死于一场洪水,她只得投靠亲戚。

女子辛勤劳作,对亲戚百依百顺。但是她每晚都会去山里的神社,一天不落,经常是早晨才回家。

由于她去得过于频繁,家里人也深感担忧,总是劝说她不要再去,每次她都会泪眼婆娑地说"不会再去了",但过不了多久,她便再度傍晚离家,前去神社,一直祈祷到天明。

家人无计可施,只得向式喰请教,可是式喰说女子已经嫁给了■■■,除了静候对方将其送还别无他法。

家人无法接受这个说法,央求式喰一起尾随女子,一探究竟。

在那连大男人爬起来都要上气不接下气的山路上，女子却像野猴子一样风驰电掣。

众人千辛万苦总算是没有被甩开，当他们抵达神社，发现女子早已跪拜在堆砌的石头前面。人们询问女子在做什么，女子却露出邪魅的笑容，众人大惊失色。女子突然用男人的声音爆发出一阵狂笑，说道："那家的孩子自缢身亡。"

果然，女子所指的那户人家的孩子已经身亡，身体卡在树枝之间，如同是被吊死一般。

自此，女子在神社所说的预言无有不中。

据说家里人幡然悔悟，将月桂发簪作为嫁妆交予女子，正式将其嫁给■■■。

从此以后，■■川风平浪静，女子所在的家族也欣欣向荣。

不过，每到女子祈祷的时刻，神社里就会传来这样的歌声：

　　钩住舌头　盘一圈
　　绑住鼻子　盘两圈
　　碾过下巴　盘三圈

据说有女儿的人家在听到这首歌以后，都会把女儿藏起来，以免女儿被■■■带走。

*　*　*

此次介绍的传说故事当中,这是所在地与橘家最近的一个故事,而且其中出现了■■■,就是岩室富士男所说的袭击铃木母女的神秘东西——现在可以揭秘了——"仲仕",以及式喰。

表面上这则故事与"姐妹蛇"或"嫁女"同属一类,的确,如果粗略分类,它也算是一种"人与神结婚,即活人献祭"的故事,但其中也存在几个疑点。

首先,最大的疑点就是故事中因果关系不明确,付出与回报不合逻辑。

以"姐妹蛇"为例,"父亲的贪婪导致姐妹两人变成了蛇"和"引发众怒的人家的女儿被活生生献祭给神明",这是符合常理的。

在"嫁女"的故事中是献出女人换取降雨,从而拯救遭遇旱灾的村子。

可是在这个故事里,善恶关系和因果报应混乱不堪,而且这不是古今观念变化方面的问题,是纯粹的逻辑问题。

第一,开篇提到"信仰虔诚的女子",这本应该是一件好事,家里人却百般阻挠,理由居然是女子晚上出门让他们觉得害怕,让人无法理解。而之后他们见到了与之前判若两人的女子,又"幡然悔悟",让其"正式出嫁",这同样令人费解。

此前的故事中也从未出现过"那家的孩子要死了"这种完全是负面的、不吉利的谶语,而且在言中之后,还要嫁女以感谢先前甚至请来式喰欲将之降服的"仲仕"。

在嫁女之后，这些人听到歌声依然会害怕怪物再来抓走女孩，从中完全看不出他们是把"仲仕"奉为妖魔还是神明。

一些日本民间传说的角色确实是亦神亦魔，但是在同一篇故事里如此摇摆不定的尚属罕见。

此外，故事中提到了月桂树簪子这一物品。月桂树原产于地中海沿岸，我虽然不精通历史，但这显然与故事的时代背景八竿子打不着。

还有恐怖的"盘一圈，盘两圈，盘三圈"的歌词，不禁让人联想到前述歌咏清姬传说的童谣——"安珍清姬，化身为蛇，卷成七层，盘一圈"。

然而，就像姐妹蛇和清姬的传说一样，歌曲应该和情节有一定的关联性（这是理所当然的），但是这首歌完全没有，如此一来更让人觉得匪夷所思。我能知道的只有"仲仕"有舌头、鼻子和下巴。从清姬传说联想到的"盘一圈……是指蛇卷成一圈的样子"的假说也只能是假说。蛇的舌头和下颚很有特点，但鼻子又凭什么能写入歌谣之中呢？

总而言之，这则故事掺杂了过多的要素，缺乏统一性，我认为没有深入探讨的价值。不过既然是斋藤寄来的，并且与橘家的魔怪存在着相通之处，因此我想等待专家的意见。

暗

医 生

"这个给你玩。"

一位高大威猛，称得上是美男子，却又莫名让人有些反感的男人向我递来一样东西。我定睛一看，这东西圆滚滚的，拿在手里沉甸甸的，像是某种果实。

我琢磨了一会儿，也没认出这是什么东西。

"这可是一个顶好的东西啊。"

它看上去确实不错。汁水饱满，色泽艳丽，虽然不知道是不是吃的，但只是看看就让人垂涎欲滴，想要咬上一大口。或许是看到了我的馋相，男人笑道："还不能吃。"

为什么？我心中升起了一丝疑惑。

"还没熟呢。需要慢慢积累，才能做好。"

既然如此，为何不直接给我一个熟了的？仲仕这人真是的。

"给我脸色看也没用，我一次做不出来这么多。"

仲仕把圆形的果实放入我手中。

"我还会来的。"

仲仕说罢转过身去，背对着我叮嘱道："悉心培养，切勿告诉旁人，全都看你的了。"

睁开双眼，我正躺在休息室里在值班时常用的、那张叫人不敢恭维的床上，眼前是斑驳的象牙白天花板。

原来是一场梦，但这梦格外真实。

梦境是一种模糊不清、荒诞不经的东西。在梦里，我们看到的不是和心仪之人花前月下、与家人同游公园、与明星一起上电视节目之类的清晰明了的景象，而是类似于"和家人同游公园，家人一个个都套着明星玩偶服做兼职，赚得盆满钵满，然后被身份是卧底的心仪之人当场逮捕"的离谱情节。而且醒来如果不马上白纸黑字记录下来，梦境很快便会烟消云散。我曾尝试过记录梦境，但是三天打鱼两天晒网，最终不了了之。除了留在日记本里的梦境，其余皆已随风而逝。

尽管说不清楚原因，但我总觉得这场梦是真实存在的。我有一种预感——这个梦我会一直记在脑海当中。

在梦里，我称呼那个男人为"仲仕"。

仲仕应该是一个人，而且是一个男人吧。当时我认为对方是男性，可是现在回想那人的模样，又拿不准了。我对他的容貌印象深刻，却无法分辨是男是女。

小咪既不是男孩子也不是女孩子。

我猛然想起铃木茉莉的这句话。"小咪"就是仲仕，果然是性别不详……亲身经历之后，我终于理解了这是怎样一回事。

背后袭来一阵寒意。

我居然把梦境当作现实，那只是一场梦，但是我却确信那就是"仲仕"。

猛然传来一阵头晕目眩，我又倒在了床上。

这时我触碰到一个柔软的物体，一个淡红色的圆形东西。不可能，绝对不可能，这不是梦里的果实吗——

我还会来的。

仲仕说过。

* * *

门口的对讲机响了，我不自主地绷紧了身体。这个条件反射很不好，自从开始调查橘家的灵异事件，我对这类声音异常敏感。如此说来，我岂不是和那个把灵异事件转嫁给我，然后自己置身事外的木村小姐毫无区别了吗？

我始终坚信那个故事是虚构的，这是无可撼动的原则。

我想要用一颗赤诚之心面对光怪陆离的故事，不能反被其搅乱了心神。如果把恐怖故事都当作无稽之谈，便会觉得索然无味，如果全都当真，又太过幼稚。在这两者之间寻求平衡至关重要。

我看了一眼监控屏幕，只见一个身材矮小的男子低头站在门前，看样子不像快递员。

我在记忆里搜寻一番，在关系亲近到能够直接上门找我的男性当中，好像没有个子这么矮的。

上学的时候，我是高尔夫社团成员，每年都会以学长的身份请学弟学妹们喝几次酒。很遗憾，无论在什么年代，高尔夫社团都是大社团，人数众多，根本不可能记住每个人的脸。这人有可能是高尔夫社团的一个学弟。想到这里，我按下了通话键。

"你好，哪位？"

"好、久不见，医、生。"

男人抬起头。

"水谷……"

眼前这张脸无疑是水谷——那位宣称前往处决隐匿教徒的地方探险，此后便杳无音信的学弟。然而，据我所知，水谷绝不会这么瘦小。别看水谷热衷灵异事件，他的性情却是豪放不羁。而且他在读高中时打过棒球，身材应该是高大健壮的才对。

不过，个人命运这种事情很难说清楚。我尽量让自己平静下来，以学长的口吻回答道："好久不见呀，从那以后，你父母都很担心你呢。"

"我是、来向医、生您道、谢的，上、次谢谢您了。"

水谷的大眼睛在不停地滴溜乱转。如果说他仿佛是换了一个人，那么这双大眼睛或许就是他身上唯一没有改变的地方，可是他让人感觉很不舒服，说话方式也很怪异。

"道谢？我做了什么，以至于你专程前来道谢？"

"您说让我赶快把腿折断拿走这对您来说可能不算什么但是对我来说太是感谢太是感谢泰式烧肉铁板咕嘟咕嘟咕嘟。"

泰式烧肉铁板就是烹饪泰国风味烤肉所使用的铁板。虽然水谷和父亲关系并不融洽，但是喜欢玩一些"与狼共舞、狼牌皮鞋"之类的老头子才玩的无聊的谐音梗。因此这人应该就是水谷。可是……

"水谷，你先等一下，我不记得我说过这话，而且……"

水谷打断了我的话。

"说、过说过确实、说过所、以我才能在8月13日、靠近、非常感谢。"

"那就好。"

我不知道他在说什么，但是既然他说心愿已了，终归是一件好事。不知道是不是我的错觉，水谷脸上似乎浮现出一丝笑意。

"水谷，你联系你父母了吗？"

"啊医、生给您的礼物、差点忘、了。"

水谷摸索一番，似乎是掏出来了一个东西。

"……算了，你先进来吧。"

正当我要按下开门键的时候，无线电话忽然脱手掉在了地上。我蹲下去捡，等站起身来再想要按下开门键时，却发现水谷已经不见了。

难道是看我半天没开门，一气之下就走掉了？这也太没有耐性了吧。

我急忙跑到门口，打开大门。果然没人。我心想应该还没走远，于是又追到马路上。

马路上空无一人。我家门前是一条左右延伸的笔直的马路,整条路空荡荡的,不见一个人影。

"水谷?"

身后突然传来像是皮球滚动的声音。

"哎呀,你躲什么呀。"

我说着回过头去。

不是水谷,而是一个滚动的球体。

是那颗果实。

* * *

很久没有回父母家了。妹妹懒洋洋地窝在沙发里。妹妹心地善良,唯一的缺点就是太邋遢了,无论是工作还是爱情都维持不久。但她在撒娇方面无人能及,全家人都拿她没办法,于是直到现在她也一直赖在家里。

"喂,那家咖啡厅好像倒闭了。"

"见人回来也不知道打声招呼,说什么乱七八糟的呢。"

"就是猫婆婆开的那家呀,还上过电视,不记得啦?"

"啊,那家呀,真没想到啊,当初生意那么红火。"

"谁让猫婆婆那么照顾我呢。"

"也不知道你得意个什么劲。"

"嘿,很多事都是,我可是个捣蛋鬼。"

"原来你自己也知道啊。"

"那是自然，我是闯了不少祸。呀，还好没有被警察抓住过。"

"真是奇迹啊。"

"太损了吧。话说回来，你知道咱妈去找猫婆婆聊过的吧。"

"昂，就那次呗。我当时还以为是搞什么宗教活动，你还挺担心的嘛。"

"哎，确实挺像宗教活动。"

"哈？"

"猫婆婆是个看得见的人。"

"胡说八道。"

"谁胡说了！喂，你还记得小摩吗？"

"哦，就是以前跟你好过的那个跟踪狂吧。我去东京以后就不太清楚了，他怎么了？"

"你这人真是冷酷无情，我可是差点小命不保。"

"哈啊？！头一次听说，还有这事？"

"我没跟你说过罢了。你那么忙，没必要打扰你。"

"自己妹妹都有生命危险了，我无论如何也得回来呀！"

"那我谢谢你。言归正传，还记得不，小摩是个帅哥。"

"嗯，瘦得跟麻秆一样，不过叫他帅哥也不过分，像是那种韩流偶像。"

"人长得帅气，嘴又甜，所以没人相信我俩在一起的时候他会对我进行冷暴力。奈央你还有印象吗？"

"哦，那不是你发小嘛，我记得那人很不好打交道来着。"

"没错没错。刚开始的时候,他还会在奈央面前替我出头,搜集学长对我的骚扰证据,警告对方离我远点。这让我觉得他好有男子气概呀!太帅了!"

"嗯。"

"结果后来他越来越奇怪。"

"比如?"

"那时候……我在 Ins 上做网红……也就是小打小闹。"

"啊,就是'豆腐西施'那种网红吗?真是人不可貌相啊。"

"你是不损人就不会说话吗?算了不跟你计较了。当真呐,有不少人看见以后就成了粉丝,那些女生甚至会来店里买东西,送我小礼物。"

"我猜,是不是因为他不让你玩 Ins 了?"

"也有这方面的原因……主要是我也觉得差不多到了急流勇退的时候了。可是通过 Ins 认识的女生还是会来找我。就这样,有一次小摩突然出现,当面用剪刀剪烂了人家送我的针织衫。"

"哈?他怎么能干出这种事来?"

"那个女生当时就哭了,还说我这么讨厌她,她以后再也不来了……真是太可怜了。"

"所以你就下定决心和小摩分手了?"

"并没有。"

"没有吗?"

"我最初觉得他这样做是因为太爱我了,就想着能忍则忍。"

"这就是你的问题了。"

"这还用你说。类似的事情后来发生了好几次，店长要我辞职，没办法我只能辞职了。"

"这是必然的。"

"不过我喜欢工作，听到我说还想去别的店上班……结果，小摩直接向我求婚了。"

"哇！"

"哎呀，当时真的很高兴……大概是在我和妈妈说了的第二天吧，就收到了猫婆婆寄来的快递。"

"嗯。"

"里面是一张画着大叉号的纸，还有两张宝冢的票。"

"这是什么东西？"

"我打电话问猫婆婆，可是猫婆婆说'我是凭直觉寄的'。那谁能猜到宝冢和大叉号是什么意思呀。"

"可不，根本摸不着头脑呀。"

"没办法呀，我只好约上小摩去看宝冢。"

"你这家伙……"

"听我说嘛，结果小摩非常生气。"

"为什么？"

"'你是怎么知道的！你是不是瞧不起我！'他大吼大叫，还动手打我，抢走我的手机，把我关在浴室里面。"

"真吓人。"

"我这人运动神经还算发达。别看浴室在三楼，我从窗户嗖的一下就跳出去跑了。之后的事儿我记得和你说过。"

"就是你说他变成了跟踪狂吗?这个我知道。话说小摩生的哪门子气呀?"

"这我也是最近才知道的,小摩其实是个女孩子。"

"啥?!"

"猫婆婆是不是有些手段?"

"何止是有些啊,简直是吓人。"

"嘿,你现在有点相信我说的了吧。"

"还不至于,说不定是巧合呢。"

"你这人嘴真硬啊。不跟你说没用的了,事情到这里还没完呢。小摩变成跟踪狂以后,执行力超强,开始跑去咱爸医院闹事呢。"

"她能干出这种事吗……"

"有一段时间闹得天翻地覆的,真的闹得很大。她经常在谷歌上写一些空穴来风的评论,还去发传单。我也报警了,要求她删除评论,可她还是不死心。"

"这种事情你要告诉我呀。"

"你人在东京又帮不上什么忙。哎,妈妈束手无策,只能去找猫婆婆商量。"

"哦,原来是这么一回事啊。"

"后来猫婆婆又凭借直觉,给了我们一些建议。"

"什么建议?"

"具体情况我也不知道,反正小摩消失了。"

"消失了?"

"当真就是字面意思的'消失'。再也见不到任何骚扰行为了,虽然有些不可思议，但我能感觉出来，一切到此为止了。妈妈也说都结束了，我就没继续追问了，但心里还是七上八下的，于是前段时间我联系了一个朋友，打听了一下小摩。"

"嗯。"

"结果发现她真的消失了。"

"哈？"

"班也不去上了，推特、Ins 和 LINE 也不登录了。"

"哦哟，这……感觉是猫婆婆除掉了小摩啊。"

"是啊，我倒是感激不尽，彻底消灭了烦恼的根源。"

"那倒也是。那么手段高强的猫婆婆的咖啡厅怎么还能倒闭了呢？"

"这……我就不知道了。"

"这该不会就是所谓的'算卦不算己，算己死无疑'吧。"

"你这是瞧不起谁呢。喜欢妖怪幽灵是你，最不相信鬼神的怎么也是你？"

"你动脑子想想，我要是相信鬼神我还敢听你讲这些事情吗？"

"我要被你活活气死了！"

门铃突然响了起来。

我条件反射似的哆嗦了一下。妹妹看在眼里，坏笑道："噗，就数你胆子最小。"

"少废话，赶紧去吧。"

"噗噗。"

妹妹脸上带着轻蔑的笑容跑去玄关，抱回一个硕大的快递，那物件之大几乎完全遮住了她的上半身。

"好家伙，这么大，赶快放下。"

"哦，是猫婆婆寄来的。"

"你又被什么猫三狗四的男人缠上了？"

"说什么呢！是寄给你的！"

"寄给我的？"

我用美工刀小心翼翼地拆开包装，心想，我总共没跟猫婆婆说过几次话，她怎么会给我寄东西？

猫婆婆是我母亲那边的远房亲戚，终身未嫁，可能是炒股票炒期货什么的赚了不少钱，住在一栋富丽堂皇的公寓里，养了一大群猫。在我们小时候她就对妹妹很好，但是一见到我就皱着眉头瞪我，我一直认为她对我是一种生理性的厌恶。既然看我不顺眼，现在这葫芦里卖的又是什么药？

我打开纸箱，内包装顿时散发出一阵香甜的气味。这是？

"是苹果吧？不对，不是苹果。比苹果小，也不带把儿，看着有点像杏子或者台湾脆桃呀。"

妹妹乐呵呵地拿在手里。

"呀，还有一封信呢，写的什么？"

"嘿，别瞎看。"

"写的是……'不要知道'。不要知道？这是什么意思？"

* * *

猫婆婆警告我说"不要知道"，诚然，我现在对橘家的灵异现象充满了好奇。但是，斋藤晴彦尚未和我联系，即便想要一探究竟也无从得知。归根结底那也只不过是"直觉"而已。

不过，当我向中山护士讲述了水谷的事时，她气坏了。对她而言，这件事无异于一种"业障"。看她的反应，似乎失踪的学生归来反而成了一件坏事。

我本想联系水谷老家核实情况，然而学校早已经删除了他的学籍，而且水谷父亲是水谷诊所的负责人，我举棋不定，不知道是否要联系他。而且糖尿病门诊有一个臭名昭著的患者，人称"小西"，他总是无理取闹，找碴投诉我，尽管我并没有什么过错，部长却还是会让我写检查。后来我才知道，小西和院长是亲戚。要不说有些事情还是不知道为好呢。于是，我暗暗将这笔账算在了猫婆婆头上，谁让她给我送来含混不清的"不要知道"的警告。

好不容易逃离了汗臭味弥漫的拥挤的电车，我依旧感到胸口憋闷。新闻报道说最近流感肆虐，可是车站外面仍然是人山人海。我心情烦躁，特地选了一条绕远的路，以免在回家途中撞见熟人。

我一边走一边在心里羡慕水谷，他已经靠近了自己的目标。反观我自己，又是写检查，又是病恹恹的。

不过"靠近8月13日"究竟是什么意思？8月13日是什么日子？

"是迟了一个月的盂兰盆节迎魂火①哟。"

突然，一个声音从背后传来，声音里带有稍许嘲讽的意味。我

---

① 日本的盂兰盆节期间，一般是8月13日傍晚的时候，人们会在家中的佛坛，或在家门口，院子里搭建一个灵棚，或者在墓地前，点燃火苗（迎魂火），作为引路标志，帮助祖先的灵魂找到回家的路。

被吓得差点尿了裤子。回头一看，竟然是水谷。他一动不动地站在那里，五短身材。

"不过已经错过了。杉木科技有限公司。"

水谷并没有要靠近我的意思，甚至都没有看我。他似乎是在同我说话，却斜视着旁边。

我又一次真切地感受到水谷变矮了。

身高虽然变矮了，但他没有变得像小孩子那样讨人喜爱，倒像是四肢被裁掉了一截。天色渐晚，我看得不是十分清楚，却也能察觉到他的脸色不太好。

他这是得了什么病——不对，不像得病，恐怕另有隐情。我很好奇他为什么会变成这样，但又不敢问。

我真想揍自己一顿，为什么要走这条冷冷清清的路。四下无人的环境不禁让我紧张起来。

"你觉得为什么会过去了呢？"

我的胳膊突然被水谷死死抓住，当我发出那声丢人现眼的惨叫的时候，再看到他时，他已经在眨眼之间绕到了我的正前方。

我从未意识到，面对面却不直视双眼竟然如此恐怖。

"喂，为什么呢少年队。"

骨碌，水谷脖子一转，幅度像是被扭断了似的。他抬起头，直勾勾地注视着我的脸。漆黑的眼睛如同两个窟窿。我不由自主地推了他一把，没想到他顺势撒开了手，站在原地，似乎是在等我回答。

看他再没有其他动作，我松了一口气。只是一想到对方比自己足足矮了将近三十厘米，我就为自己的狼狈而感到脸红。

"水谷,咱们找个地方聊聊吧。"

话一出口我就后悔了。其实无论去什么地方,我都不可能和现在这副模样的水谷有什么可聊的。

我想起以前在电子书上看到的朱雀门出的小说,里面这样有一个情节,一个旧相识前来拜访,但其人变得和从前迥然不同,神神道道地说什么神兽,最后——

小说描写的情形和我现在不是如出一辙吗?

一些创作精良的虚构作品难免会让人不自觉地代入其中,这就是我不喜欢这类作品的原因。

到这节骨眼上,再想用"我还有其他事情"搪塞过去为时已晚。

不过,倘若就这样不明不白的,他说不定会一路尾随我回家,那还不如找一家热闹的居酒屋。

我原路返回,又向车站走去,而后指着一家挂着大灯笼,灯笼上写着"一寸一杯,尽情享用"的居酒屋问道:"这里可以吧?"

"嗯。"

水谷还算爽快地走进店里。

"欢迎光临,一位吗?"

男店员精神抖擞的招呼声让我心里踏实多了。

"两位。"

听到水谷古怪的腔调,店员当即摔了个四仰八叉,桌子上的餐巾纸七零八落地掉了一地。店员是一个像橄榄球运动员那样的彪形大汉,可能是第一时间没有看到水谷,不过他的反应也未免太夸张了。看到有人比我更惊讶,我反而冷静了下来,把刚才自己失魂落魄的样子抛之脑后了。

然而，我们被带到了一片几乎没人的区域，这样一来特意挑选的热闹的店就失去了意义。

另一位女店员满面春风地拿来冰水和点餐的平板电脑。我接过水杯，说了一声"谢谢"。

"请给我、还没有变成血、的水。"

"妈呀！"店员看到水谷，不禁惊叫失声。水谷则面无表情地继续说道："如果大海变成血，河流流入大海，那么这个水会不会也变成血？"

女店员拼命摇头，几乎要被吓哭了。

"是、嘛。"

水谷点点头，像是在表示认可。

"对不起。"

我赶忙插嘴向店员道歉，店员逃也似的跑回厨房。

> O Haupt voll Blut und Wunden,
>
> Voll Schmerz und voller Hohn,
>
> O Haupt, zum Spott gebunden
>
> Mit einer Dornenkron

居酒屋播放着不搭调的歌曲。对于曾在教会学校就读的我来说，这首歌再熟悉不过了。这是德语版的赞美诗《马太受难曲》。做弥撒时聆听这首歌曲，会让人感到庄严肃穆，可是在这个时候听上去，不但显得不伦不类，更有一丝鬼魅之感。

"8月13日为什么错过了呢。"

"这个问题我也无法解答……时间过去了就是过去了。"

"本来很顺利结果、不行你不是说过、没问题吗？"

这声音听上去气势汹汹的。他的目光依旧空洞无神，但我仿佛从中看到了燃烧的怒火。

"没有成功，我也很遗憾，可是我也爱莫能助。"

"医、生您真不、愧是按部就班、的团块世代①。"

水谷说道。他低下头，神情显得格外失望。我有些于心不忍，就顺着他的话说道："做任何事情都要有先有后的嘛。"

"是呀，明明没有下冰雹，怎么突然、突然蝗虫就来了。这样不对。"

"你在说什么？"

"蝮蛇啊。弑亲、本来应该先弑子、顺序全颠倒了。"

"你能不能好好说话。"

水谷像是想到了什么好笑的事情，咔咔地窃笑着。我想换个话题——也许换与不换并不会有什么区别，于是我问出了自己最疑惑的问题："结果怎么样？是不是叫'人十冢'来着，就是你给我的报告里写的那个。"

"咚"，水谷一拳敲在桌子上，水被震得洒了出来。我担心是自

---

① 指日本在1947年到1949年之间出生的一代人，是日本二战后出现的第一次婴儿潮人口。在日本，"团块世代"被看作是20世纪60年代中期推动经济腾飞的主力，是日本经济的脊梁。

己激怒了他，偷偷看去，只见他脸上还保持着笑容。

"起初啊，被践踏了。不过这也是理所当然。因此之后在苇帘子上传教。不用说，寒风凛冽，吹裂了十族的皮肤，还下起了雪。即使这样，十族也没有放弃，理所当然。晚上上百人挤在十平方米的房间里，都压死了。听说七个都被母亲压死了。一块芋头十个人分。到了早上，已经成了冰天雪地。雪不融化，十族人就不放弃。一郎太次郎太三郎太叠在一起忍耐着。他们相信只要等候七代，就能等来神父。一人两人三人减少了，四人五人六人七人……"

说着说着，水谷开始掰着手指头数数。太诡异了，我完全听不懂他在说什么，水谷已经不是正常人了。

水谷的神情也很奇怪。他生得相貌周正，五官也都没有什么变化——但总感觉哪里有些扭曲。如果凑近看的话，这种扭曲的感觉就像会传染一样，有一种无可名状的恐惧感。既然隔着对讲机都能看出他的反常，我又为何要像这样和他面对面相处呢？何况方才点的生啤、海鲜沙拉和炸鱼肉饼还都没上。

我受不了这种怪异的人，想要起身离开，但有一股无形的力量让我的视线牢牢钉在水谷身上。

　　　　O Haupt voll Blut und Wunden,

　　　　Voll Schmerz und voller Hohn,

　　　　O Haupt, zum Spott gebunden

　　　　Mit einer Dornenkron

《马太受难曲》播放了一遍又一遍。这一切都太奇怪了，究竟是水谷踏进这家店以后才变得奇怪，还是这家店从一开始就很奇怪？抑或奇怪的是我自己？

"四十五四十六四十七……"

水谷即将数完"四十八"的时候，我的身体忽然能动了。我抓住机会立刻起身，奔向收银台。

收银台里没人，我拼命地按着铃，视线一刻都不敢离开水谷。

之前水谷悄无声息地站在我的身后，他去公寓那次也是一样神出鬼没。也许这家伙能够在任意时候在任何自己想出现的地方现身。我知道自己正在胡思乱想，然而播放个不停的《马太受难曲》剥夺了我的思维能力，我想要回家，我想要逃走，我想要回家，我想要逃走。

我满脑子都只有这一个想法。

水谷还坐在那里，凝望着杯底残存的水，似乎不打算追过来。

"不好意思了呀！"

刚才那个橄榄球运动员模样的店员急匆匆地向我跑来。

"给你，不够的话请联系医院。"

我把一万日元的钞票连同迄今为止一次都没用过的、纯粹当作纪念的名片拍在收银台上。

"纵然百年缩短为刹那，血染十字架，也在所不惜。"一个女人冲着我的后背喃喃说道。

店里爆发出震耳欲聋的狂笑。大家都在笑，只有我没笑。

在响彻云霄的欢呼声中，我头也不回，大踏步地离开了。

障 医生

***

"你听说过'五岛败露事件'吗?也叫'大村郡败露事件''浦上败露事件'。"

这是斋藤开口所说的第一句话。

"只是听说过,不太了解,大概说的是被发现了的隐匿教徒吧。"

听到我的回答,斋藤深深地点了点头。

"如今长崎周边是教徒心中最负盛名的麦加①,不对,这个比喻不恰当,怎么把麦加和基督教混到一起去了。"

"你接着说吧。"

斋藤讲话跳跃性很大,因此经常需要提醒他回归正题。他继续讲了下去,那双与实际年龄不相称的眼睛闪烁着青春少年般的光芒。

"总而言之,全国各地都有这种地方,那个地方也是其中之一。"

斋藤铺开地图。

"这一带是旧松山藩和旧大洲藩的交界处,教徒藏匿于此的可能性非常大。尤其是大阪京都对基督教大肆镇压,大批信众都逃到了这里。因此这一地区遍布隐匿教徒遗留的痕迹,比如圣母像、长老像和教徒石碑等。"

"稍等。你在讲什么呀?我怎么感觉这些跟你上次寄给我的民间故事、传说完全没关系呢。"

"怎么会,关系大了去了,再没有比这关系更大的了。"

---

① 麦加因是伊斯兰教创始人穆罕默德的诞生地而被选为伊斯兰教的第一圣地,1962年伊斯兰世界联盟在此成立,麦加成为世界伊斯兰教的中心。

斋藤粗暴地戳着地图，意思是让我闭嘴。

"这里叫作'人十点'。"

我感到心跳加速。那个身材五短、眼神阴森的水谷的脸不可阻挡地闯入我的脑海。这绝非偶然。

"那是教徒的……"

"正是。因村民告发而被逮捕的四十八个教徒，在河边被官府斩首，同情他们的人好心将尸体归拢一处并埋葬起来，建造坟墓，并且种上了竹子。坟前的竹子被称为'人十竹'，当初行刑的河畔后来被开垦为农田，称为'人十田'。坟头仅含糊地写着'四十八人'，我推测是因为忌惮官府，所以隐去了人名，而且我认为'人十'当中的'十'，其实就是十字，也就是十字架。"

一种无以复加的恐怖气息席卷而来。

简直就像把电影切割为一幕幕独立的场景，然后每隔一段时间给我看一点，再过一段时间再给我看一点。

那……那个，老师，我只是想提醒您，这其实是一个完整的故事。

由美子的声音竟然如此真实地回荡在我的脑海之中。也许我就是这部电影的主角。

"嘿，嘿！你听着吗？"

我猛地醒过神来，抬起头，正好看见斋藤那比实际年龄年轻而富有光泽的额头上皱起几道抬头纹。

"抱歉,刚才有点头晕。"

"我能理解,这种事儿怎么能不叫人头晕目眩呢。"斋藤微笑着说道。

"你是不是想问,为什么故事遵循宗教的规则?"

"等一下,你这句话我又没听明白。"

"咳。"斋藤又重复了一遍,"关系大了去了"。

有一个理论叫作"日犹同祖论"。

这个理论认为,日本人的祖先是2700年前遭到亚述人①驱逐的"以色列十大失落支派"之一。

所谓以色列十大失落支派,指的是除了犹太民族以外的流便、西缅、但、拿弗他利、迦得、亚设、以萨迦、西布伦、约瑟夫(以法莲、玛拿西)等十个部族。

据说,第九部族以法莲、第五部族迦得以及第七部族以萨迦的一些人移居到了日本。

主张日犹同祖论的人主要给出以下三点证据:

①神道教与犹太教存在相似之处

②片假名与希伯来文存在相似之处

③大和语言与希伯来语存在相似之处

---

① 亚述人,是主要生活在西亚两河流域北部(今伊拉克的摩苏尔地区)的一支闪族人。亚述人在西亚拥有近4000年的悠久历史。上古时代的亚述人军国主义盛行,战争频繁,地跨亚非的亚述帝国盛极一时。后来亚述人在外族的入侵下逐渐失去独立性。

根据当代遗传学的调查，现代日本人与现代犹太人的基因结构可谓是天壤之别，目前看来，日犹同祖论只是无稽之谈。因此现在普遍将其解释为日犹"文化"同祖论。

由于内容过多，这里就不再展开介绍。不过，犹太教与神道教从仪式到精神象征等诸多方面颇为相似，当代日语中也包含许多类似希伯来语的词汇。

至于为什么会有这么多相似之处，那就要追溯到古代。相传，上古时期，有十万之众（众说纷纭）的大陆人渡海而来归化日本。其中一部分迁至大和葛城，大多住在山城之中。雄略天皇（五世纪中叶）时期，这些人移居到了京都的太秦地区，他们自称"秦氏"。"太秦"这个地名显然源自秦氏，有人认为，"太秦"的日语发音与阿拉米语①的"Ish Mashiach"相近，而 Ish Mashiach 的含义就是耶稣基督。

秦氏一族颇有权势，平安京（794年）说是仰仗秦氏之力而建的也不为过。就连仁德天皇皇陵那样宏伟的古墓建筑，也得益于秦氏的捐赠。而且秦氏因为掌握着养蚕技术和西方的知识，历代受到天皇保护并效忠天皇，依托丝绸业（机织）发家致富，成为名门望族。他们信仰景教（基督教聂斯脱里派），讲阿拉米语，而阿拉米语是亚述灭亡后中东地区的通用语言。换言之，该部族凭借自身及天皇的强大影响力，将景教引入日本，神道教便在此基础上建立发展起来。

---

① 是阿拉米人的语言，也是旧约圣经后期书写时所用的语言，被认为是耶稣基督时代的犹太人的日常用语，新约中的马太福音（玛窦福音）即是以此语言书写。一些学者更认为耶稣基督是以这种语言传道。它属于闪米特语系，与希伯来语和阿拉伯语相近。

"我寄给你的有'式喰'出现的故事,你读过之后有什么感想?"斋藤问道。

"算不上什么感想,只是觉得不太像民间传说,不太符合日本本土传说的逻辑。"

我将自己的所思所想和盘托出,斋藤似乎很满意地点点头。

"你说得很对,我认为那些故事源自基督教。"

"你为什么这样说?"

"因为恶魔呀。"

我忽然感到一阵恶寒,仿佛有一只冰冷的手抚过我的后背。我不禁想起变矮了的水谷那飘忽不定的视线。

"我之所以给你寄了不少蛇的故事,也是因为'仲仕'。"

斋藤飞速地在纸上写写画画。

שָׂטָן

"这个词读作 Nakashu 或 Nahashu,在希伯来语里面是'蛇'的意思,也就是圣经旧约失乐园里教唆夏娃偷吃智慧之果的那条蛇。可能是传入日本之后,读音渐渐演变为'仲仕'。"

"那为什么是在松山?"

"有意思的地方就在这儿!"

斋藤两眼放光,激动得叫出了声。

"这个故事残破不堪,信仰体系、诅咒、祭神全都乱七八糟地搅和在一起,只有核心内容的逻辑是完整的。通篇都是臆想,却又给人一种值得深入研究的感觉。这还不有意思吗？"

"我可没觉得有意思……"

后面那一句"我实在是烦得很"眼瞅到嘴边了，我连忙闭上了嘴。关键是我有什么可烦恼的？整件事的起因不就是木村女士虚构的漫画嘛，然后我又搜集了一些相类似的恐怖故事而已。

"都是虚构的，大可不必这么较真吧。"

我向斋藤提出了截然相反的看法。

"不，未必全是虚构的。"

"此话怎讲？"

"多米尼克·普莱斯呀。"

电脑屏幕上出现了一个有些发福的白人男性照片。我看看屏幕里的男人，又打量了一番清瘦的、典型日本人体型的斋藤。尽管体格、人种均不相同，但总感觉两人有些相像。也许志同道合的人拥有着跨越种族的相似之处吧。

"我与他是老相识了，我也认识他的夫人。我可以证明这个故事不是虚构的。"

"我也听说过多米尼克先生的大名呀，不过那纯粹是一篇报道，真假难辨。况且他真正的死因是车祸，所以……"

说着说着，我不由得倒吸一口凉气。

"嗯哼，你也发现了吧。没错，这样一来就解释不清楚了。那个人寄给你的报道里居然也有同一个人物，这种事情应该不常见吧。"

"不，关于这点……是斋藤先生联络酒井先生之后，酒井先生才把他虚构的作品寄给我的吧。"

"哎？什么虚构作品？"

"就是铃木母女的经历，还有后面的录音采访呀。"

"不可能，我并没有让酒井先生寄资料给你，而且我也不认为那是虚构的。"

那么，那究竟是什么东西？斋藤的意思是这一切都是真实存在的吗？在那样的背景下，出现这么多真实存在的人物。如果不是虚构，那就涉嫌恶性骚扰了。我无论如何也不想承认那是真的，绝不承认那是真的。

一旦承认，那么这个故事的主人翁就是……

"难道那不是类似'窗户！窗户！'的虚构作品吗？"

我搜肠刮肚地寻找着能够证明那是虚构作品的证据。

"窗户！窗户！"出自著名作家洛夫克拉夫特的短篇小说《大衮》。洛夫克拉夫特撰写了诸多刻画旧日支配者——也可以称为邪神——的克鲁苏神话，而在这部作品里，主角在发现步步紧逼的邪神的使者后，大叫着"窗户！窗户！"，如同是在留下临终遗言。

尽管这种恐怖小说的惯用手法充满了形式上的美感，但是正如我在研究时所写，如果这是真人真事，那么其中存在的逻辑硬伤——在明显命悬一线的情况下，一个人怎么会继续拿笔书写或是留下独白？又是谁在描写命丧黄泉的人物？

"我有一处想不通——最后好几页铺天盖地的'滋'，对于沉浸在故事中的读者来说会感觉十分震撼，但是从写作手法的角度来说未免过于幼稚。"

"说来说去，不还是……"

"不，即便如此，我也不认为这是虚构的。"

斋藤平静的语气像强酸一样灼烧着我的耳膜。

"关于铃木母女——确切来说是茉莉失踪案，我找到了一份死亡报道。"

报道是去年的。

***

待我回过神来，我发现自己坐在教室里。律名小学五年级三班。马上要举行晨礼了。

老师走进了教室。她长得很漂亮，我却怎么也想不起她的名字。班长一声令下，大家都回到座位上坐好。

"今天要和大家讨论一件事情。"老师说道。

要知道平时晨礼都是从祈祷开始的，也许是老师发现有人霸凌同学。毕竟这里是教会学校，老师不会动辄大发雷霆，总是用循循善诱的方式解决问题，而且来这里上学的孩子的家教普遍都很好，大部分都很配合老师。

老师叹了一口气，说道："你们觉得下一次的活祭品应该选谁呢？"

她的语气半是惊惶，半是失落。

"高山""阿良""神田川君""道溜""太阳""笹本""树里"，同学们七嘴八舌地喊着候选人的名字，争先恐后地举起手来。

"哎呀，很难抉择呀。"

老师说着把最前排的坂田的脑袋死死按在桌子上。坂田嘴里发出"呜呜"的呻吟声。

"接下来，下一个问题。"

坂田停止了呼吸。

"如果再要献祭一个活祭品，献给谁比较好呢？"

这次没有人发言，教室里忽然间鸦雀无声。我抬起头，看到笹本正在看着我，露出责备的表情。然后我和同桌山本四目相对，他也是同样一副表情。

看来只能由我来回答这个问题了。我的心脏怦怦直跳。为什么？为什么？我又一次低下头去……

"献给谁比较好呢？"老师问道。接着她抓住我的脑袋，把我提了起来。

"献给谁呢？"

语气还是那么温柔。

"神明。"我答道。

教室里爆发出一阵哄堂大笑。他们不是被我逗笑的，他们是在故意嘲笑我。

"不认真回答的话，就把你的脑袋拧下来喽。"

嘲笑声戛然而止。

老师在我耳边轻轻说道："我还会来的。"

* * *

惊醒时，我已是浑身大汗。我把左手紧抓着的排球大小的果实放在地板上。

这次梦见的是学校,律名小学。这是三重县的一所小学,我真的在那里读过书。教室,还有坐在教室里的同学们,都和当年一般无二。唯一古怪的地方就是老师。也就是说,她是仲仕。

我重新在脑海中梳理搜集到的这些故事的相似之处。如果这一连串的故事都是虚构的,那么就说得通了。人终究是一种有输入才能输出的生物,因此我只是无意识地把不知道在哪里听说过的名字和故事,结合自己的记忆进行了再创作。

然而唯独无法解释的是这个一天天变大的果实。

שחנ 来了,还会来的。

我看完斋藤给我的铃木母女死亡报道之后,突然觉得很不舒服,便先行告辞了。我很害怕原本那种朦胧的担忧幻化成型。斋藤说"一切都是真的,是真人真事",但我宁死也不肯相信。

可是,一夜过去了,我的好奇心犹如奔涌的潮水。不,也不算是好奇心,而是某种类似于使命感的东西,它告诉我必须见证到最后一刻。

既然我所经历的是把电影切割为一幕幕独立的场景,然后每隔一段时间向我透露一点,那么毋庸置疑,我渴望掌握电影的全貌,即使我就是那个主人公。

我和斋藤约好择日再叙,但是在离席之前,我还是把那些自己越想越觉得愚蠢可笑的那些做过的梦、猫婆婆的警告,还有做白日梦时看到的"蛇老原女士"、越长越大的果实、水谷、断手的波娜琳娃娃……一五一十地告诉了他。

我打断当场就要向我一一解释的斋藤，再度拜托他改天再说。这对斋藤而言可能无足轻重，但对我来说，我需要心理建设。而且站在我的立场上，排在第一位的自然是工作。倘若因为怪谈担惊受怕以至于影响工作，岂不是要贻笑大方。我还没有缺胳膊少腿，就算迟早会被斩断四肢，起码现在它们还在。

在斋藤心目中，最重要的事情是"灵异现象"，这是毋庸置疑的。我对此多多少少有些不痛快，因为斋藤在临别之际留下这么一句话："对手可是蛇，哪怕你手脚都还在，也不能掉以轻心啊。蛇这种生物可不是只会在低处爬，还会爬树，要小心脑袋上面啊。"

中山护士仍旧躲着我。她都说了她不想再听这些事，我当然也不会故意在她面前谈起，可是她还是一惊一乍的，只要和我视线相交，就会立刻缩起身子跑开。

再害怕也不至于到这个地步吧，再这样下去会干扰工作的，明明最开始是她兴冲冲地告诉我有个患者酷似由美子。

对啊，由美子。如果由美子说的是真的，那就只有我这个读过、研究过那篇故事的人才会遭遇厄运（虽然我不想承认，但确实发生了），不管怎样，中山护士都没必要这么害怕。

"哦，她是想遵守法则。"我的背后传来一个男人的声音。

我差点喊出声来，但实际从嘴里出来的只有可怜兮兮的呼吸声。

是水谷。

"没有法则，但是有顺序。"

别看他说话前言不搭后语，倒是能听出一些头绪来。我虽然对他的回答不抱希望，但还是问道："那么你就跟我说说顺序吧。"

"我为什么要告诉你！"水谷气哼哼地说道，之后又沉默了。

"求你了。"我顾不得脸面，央求道。

"这个地方是专门弑亲的吧，可以管您叫弑亲专科医生。"

"你不要血口喷人。"

我回过头去，发现水谷不见了，原来他又绕到了我的背后。

"错过 8 月 13 日的原因就是'既非医生也非人'，我说错了吗。"

"水谷，你差不多得了啊，我可是在认真请教你呢。"

我伸手抓住水谷的肩膀，强忍着作呕的情绪，手指紧紧抠进肉里，用力摇晃他。也许是他的个子太矮，我的手完全吃不上劲。

"嘿，你看那个就好，真的好，是旋涡哟。"

我抬头沿着水谷所指的方向望去。只见刚才本应该跑远了的中山护士，居然怔怔地站在走廊中央。

她也望着这边，眼睛里空无一物，没有一丝一毫的感情。

钩住舌头 盘一圈

有人在唱歌。那不是中山护士的声音，也不是水谷的声音，当然更不是我的声音。

中山护士的表情像是被冻住了似的，身体却开心地左右摇摆，伴随着歌曲翩翩起舞。

绑着鼻子 盘两圈

　　水谷哧哧地笑着。不止水谷一个人，满堂喝彩声不断，一大群男男女女爆发出热烈的掌声和欢呼声。人群中央，中山护士的舞姿越发的疯狂，四肢上下翻飞，令人眼花缭乱。
　　不，这不是舞蹈，她更像是一只仅有一线相牵、任凭狂风暴雨摆布的风筝。

　　碾过下巴 盘三圈

　　她的身体正在以让人目不暇接的速度旋转。右腿在后面，腰部拧成了麻花，左脚在脑袋旁边，这样下去她的四肢都会被扯断。
　　欢呼声不绝于耳，拍手的节奏越来越快。除了我，所有人都若无其事地看着这一切。

　　投入无尽的深渊 上锁 水井下面 历经七代 头脚颠倒 头脚颠倒

　　"停下！！"我实在看不下去了，大声怒吼道，可是为时已晚。
　　就在中山护士的四肢即将脱离身体的瞬间，我闭上了眼睛，不忍心再看下去。
　　然而，我等了又等，没有听到任何声音。歌声消失了，刚才还在身旁的水谷气息也消散了。

嘀嗒，有液体滴到了我的额头上，随之而来的是一股氨气的臭味。

我胆战心惊地睁开眼睛。首先映入眼帘的，是一双在半空中摇摇晃晃的、穿着护士鞋的脚。

中山护士上吊了。

某个达摩不倒翁的始末

"那么,从哪里说起呢?"斋藤坐在研究室的沙发里,深深地叹了一口气。"不好意思,这种时候应该先说'请节哀顺变'吧?"

我缓缓地摇摇头。

"中山护士还没死呢。"

是的,中山护士在鬼门关走了一遭,又活了过来。不是我解救了她,而是她之后解除了"上吊的状态"。实话实说,我还没来得及弄清楚她吊在了什么东西上面,她就已经"扑通"一声掉了下来。

我虽然大脑一片空白,但是还没忘记立即联系同事,及时对她进行了抢救。

"多亏有你在。"斋藤微笑着说道。他的语气听起来有些别扭,但我认为这句话是他的肺腑之言。我点了点头,其实我心里也为自己能够在千钧一发之际镇定自若地挽救中山护士的生命而萌生出了小小的自豪感。

"言归正传,那个……"

"因为你是当事人嘛,我本想让你做一个选择,但是……时间有限。"

"哦,斋藤先生还要教课嘛,每次都要占用你的宝贵时间,实在抱歉。"

"哪里哪里,实不相瞒,我也是乐在其中,不必和我客气。当务之急是要解决你面临的危机。我说时间有限,指的是你剩下的时间,大概……任何时候出事我都不会感到意外了……"

斋藤又深深地叹了一口气。

"那个人是叫水谷吧?他说'没有法则,但是有顺序',对吧?"

"是的。"

"这可就严重了啊。如果妖魔鬼怪遵守法则,比如说'恶魔逢3便会兴风作浪',反倒好对付——梳理以前的哪些故事,我们能够得出一个法则,那就是'禁止偷窥',例如那个旅馆老板就是因为偷看巨蟒现出原形而遭到了报应。在这个案例中,只要别偷窥,别打破规则,就可以高枕无忧。可是你现在遇到的情况不一样。没有法则,但是有顺序,也就是我们无法对对方造成影响。"

"简单来说是什么意思?"

"就是完全随机,全凭对方心情,它想要杀死谁就杀死谁。"

你们觉得下一次的活祭品应该选谁呢?

我想起在梦里听到的问题。

如果再要献祭一个活祭品，献给谁比较好呢？

这两个问题我都答不出来。

"大概我们现在都在想着同一件事吧，水谷说的话和你梦见的那些话产生了联系。"

我默然无语，只能点点头。今天天气并没有多热，我额头上的汗水却像瀑布一样止不住地流淌下来，几股汗水流进眼睛，刺得眼睛生疼。

"照这么说我就只能等死了呗。"我喃喃自语道。

斋藤没有回答。过了老半天，他含含糊糊地说道："也不是，所谓知道和不知道，应该有着很大的差别。"

他这个人本身就不善于体察他人情绪的细微变化，看在他绞尽脑汁安慰我的分上，我还是不要把那无处排遣的怒火宣泄在他身上吧。

"那么，就请赐教了。先说说你上次提到的基督教恶魔吧，还有，那妖魔的真正面目是恶魔吗？"

"好吧，不过有一点我要事先声明，这都是我个人的看法——"

也许是从我的表情看出来我并不需要这些开场白，于是斋藤直接进入了正题。

橘家起源于蛇蛊，也就是具有通灵血统的家族，这个前提应该是准确的。患者病历里提到的大缸估计十有八九就是培育蛇蛊的容器。

他们不但遭人厌弃，更令人恐惧。

一般来说，不知道这样说合不合适。据说，那些来自显赫的通灵家族的人，只是和普通人混居在一起，就会引来灾祸。因此这类人不仅难以觅得佳缘，还会遭到居住地其他居民的歧视。

不过也怪不得人们对他们没有好印象，原因我想你也知道——以犬神为例。这一家族要把狗活埋在土里，地面只留一个脑袋，或是直接绑在柱子上，然后在狗面前摆上食物，等到狗快要饿死的时候，剁掉狗头。这时，狗头会蹿起来凶猛地扑上去啃食食物。随后他们会把狗头烧成焦骨，装入容器进行祭拜。另一种做法是将狗头埋在十字路口，让往来的行人在狗头上踩踏。上述迷信行为始于平安时代，不论是哪一种方式都非常残忍。此外，具有犬神通灵血统的族人时常还会像狗一样兽性大发、狂叫不止，因此更加令人厌恶。当然，这种歧视事实上在那个医疗常识匮乏的年代，人们为了将精神疾病患者本人及其家属驱逐出正常群体而摸索出来的一种"智慧"，时至今日仍时有所耳闻。这种方式自然也没有什么值得称道的——抱歉，越说越远了。

与这种遭人嫌弃和歧视的通灵血统家族不同，有些地方的家族摇身一变，成为咒术师——西方的说法是"巫医"——利用能够附身的妖魔做起了生意，干起了诅咒他人从中牟利的勾当。

例如蜻蜓神，我觉得这个和上次寄给你的土瓶信仰应该是同一种东西。大正时代初期，如果你与以蛇为尊的家庭发生争执，那么你可能会遭受一群蛇的围攻，还会被蛇神附身，这对一般老百姓有很强大的震慑力。据《西条志》[①]记载，"顿病"即突然患病，一旦被具有蛇神通灵血统的人诅咒，家里便会遭到七十五条蛇的袭击，突然患病，也就是"顿病"。土瓶、蜻蜓均与顿病谐音，想必是时移世易，以讹传讹。虽然都是通灵血统，但是显而易见，较之于犬神，橘家更贴近于土瓶信仰。

由此可见，他们家族自古就是以巫师为生。但是，如果邪祟是蛇，那么诅咒也未免太过复杂了。

这是因为他们信仰的并不是蛇，而是和蛇相似的，别的东西。

恶魔，就是恶魔。

在西方文化中，蛇常被当作恶魔的象征。

[①] 儒学家日野和煦奉伊予西条藩王松平顿学的命令编纂的地志。

知　某个达摩不倒翁的始末

圣经旧约当中诱惑夏娃偷尝禁果的罪魁祸首便是蛇。《以斯拉记》《约伯记》和《启示录》都出现过名为"利维坦"的巨蟒，也有人称蛇是撒旦的化身。只要登场的蛇，没有一个不是恶魔，你不觉得离奇吗？

在这里我要向你简要介绍一下日本基督教的来源——秦氏。这个秦氏家族大多居住在太秦地区，一少部分分散至四国地区。四国不是很多地名都带"八幡"二字吗？其实也取自"秦氏"的谐音。你看啊，日本各地那些叫"某某八幡"的地方，现在大多发音为"hachiman"，但原本读作"yahata"，而"hata"即"秦"的谐音。这些地方的神社供奉的都是与秦氏家族有着深厚渊源的八幡神，也就是应神天皇。

然后是你寄给我的漫画家的亲身经历，其中学生社团博客里包含有关"姬达摩"的记述。

早在公元4世纪的时候，神功皇后御驾亲征，在奔赴疆场的途中，曾在道后温泉停留些许时日，也正是在那里怀上了应神天皇。之后她仍然坚持身披铠甲，英姿飒爽，不畏艰辛和厄运，奋不顾身地与敌人激战，最终不负众望，完成使命。美丽又英勇的皇后在筑前国产下应神天皇。为了纪念、追思应神天皇刚刚降生时被包裹在大红色的纯棉襁褓中惹人爱怜的模样，人们便创造了青丝似锦、优雅绰约的姬达摩。

这个玩具象征着虔诚的信仰，据说把它放在孩子身边，孩子就能茁壮成长，把它置于病人身旁，病人很快就能够康复如初。这份情感静静地在人们心中沉淀，创造了无数美丽的媛达摩，后演变为今日优雅的姬达摩。就是这样，神功皇后在道后怀上应神天皇的传说造就了乡土玩具"姬达摩"。

博客里抹去了几个字，原文大致如此，来源是网上的一篇报道。众所周知，所谓"八幡三神"就是以文中提到的应神天皇为主神，以及应神天皇的母亲神功皇后和另一位神明共同组合而成。虽然与太秦有所区别，但显然这个地方也受到了秦氏深刻的影响。

在你看来，恶魔是怎样诞生的？突然又说到这里，你可不要觉得奇怪啊。恶魔这个概念是基督教创造出来的，也就是只有受到基督教的影响，才会出现"恶魔"的概念。你觉得这个逻辑不太好理解吗？那我换个说法。基督教只承认自己的主神，除此之外的神全都是恶魔。比如说美索不达米亚平原的风暴之神阿达德。可能他的另一个称呼——"巴力"更为出名。巴力是迦南人的主神，但是在圣经旧约中，巴力信仰经常遭到无端指责，还故意轻蔑地把当地人对巴力的尊称"崇高之王（Beelzebul）"说成"蝇王（Beelzebub）"。是的，就是现在广为人知的那个蝇王别西卜。

你问我到底想说什么——我想说的是，在受到基督教深远影响地方，对橘家的根源，也就是对于蛇的信仰很可能被视为一种"恶魔信仰"。

当然说法不一。例如，有人认为，受景教影响而出现的神器"镜子"或"镜饼"当中的"镜",并不是通常意义上的镜子,而是模仿蛇的躯体的、与"镜"谐音的"蛇身"。当然这和刚才提到的"蛇是恶魔"的观点存在矛盾,但无论如何,我们都能从中看出人们对蛇怀有强烈的敬畏和恐惧之情。

总而言之,橘家的祖先与当地人不同,他们崇拜的不是八幡神,而是蛇本身,而且利用这一信仰牟利。在这个地方,我们能够饶有趣味地观察景教与大陆文化相互交融……原本,他们或许只是依靠占卜勉强为生,从不抛头露面。直到1587年丰臣秀吉颁布禁教令,他们得到了从暗无天日的角落走到台前的契机。元和时期对基督教的镇压最为残酷,而这种镇压一直持续到明治时期的1899年。禁教令的影响绝不仅限于宗教领域,换言之,废除基督教并非为了保护日本的传统文化,而是具有强烈的政治意味,但平民百姓哪里懂什么政治,各地都轰轰烈烈地搞起了抓捕教徒的运动。一方面是官府鼓励老百姓检举揭发教徒,更重要的是其实无论在哪个年代,惩奸除恶都是一种无可比拟的娱乐活动。

这让我想起了酒井宏树的报告。

>用来做"人牲"的大多数是坏人。做"人牲"是一种"功德",坏人这样也是"积德"了。蛇神也高兴,算是两全其美的事情吧。当然我是接受不了,可是早年间的人确实是这么干的。
>
>蛇这种动物啊,不是没手没脚嘛,所以在献祭"人牲"之前,要先扭断坏人的手脚。

在这段之前还有这样一句：

> 橘家的土葬方式更为独特，他们是将遗体手臂和腿统统砍掉，只将身体放进棺材里。

上次提到的"人十点"你还有印象吧？就是收殓和埋葬那些被斩首了的教徒的遗体的地方。还有，山岸老人和岩室富士男所说的"祖上做过那种事情"究竟是什么事情？他们口中的"坏人"到底做过什么？

下面是我的猜测，不知道是否正确。

橘家人参与镇压教徒，他们砍掉了教徒的四肢，用来举行献祭仪式，而仪式的目的是召唤"仲仕"，也就是他们信仰的蛇之恶魔。事实上他们也真的召唤了出来，但结果与他们的期望有所出入。

仲仕确实给他们带来了财富。看一看背景设定在昭和初年的阿丰阿松两姐妹的故事就一目了然，从铃木母女的故事也可见一斑。他们富甲一方，比靠占卜谋生的时候富裕得多。然而，仲仕在带来财富的同时，也让他们付出了更加惨重的代价，这便是活祭品。

要我说的话，这就是典型的搬起石头砸自己的脚。用活祭品召唤出来的恶魔，自然也只能用活祭品来维系。哦，对了，是他们自己认为那个东西是"仲仕"，这才有了所谓的"仲仕"，就是这么简单。

宗教是人类创造出来的，而神是人的思想和愿望的产物。"仲仕"也是一样，它是以景教作为思想根基的橘家人塑造而成的。正如铃木母女的故事中时任橘家当家人的T先生所说，神明并不存在，神明就没有存在过。活人献祭并非献给神明,而是"让人类创造出来的仲仕吃人"。"仲仕"就是根据橘家的愿望而被创造出来的,一个生啖活人、千百年来嗜血成性的怪物。

坦白来说,我所知道的就是这些。我对景教和神道略有了解,可是并不清楚他们信仰的教义或仪式细节,毕竟文中还提到了"式喰"这种东西。式喰是从阴阳道发展而来的四国特有的民间信仰"伊邪那岐"①的术士所佩戴的面具。术士本来的称呼是"太夫"……大概这个信仰也随着时代变迁而渐渐脱离了原型吧。

你不必这样闷闷不乐,已经发生的事情还是可以解释清楚的,或许这些能派上用场呢。

不管怎样,水谷真是一个舍己为人的好学弟呀。

为什么这么说呢……这是因为他一直在提示你,直到变成了那副样子。

比如说,"8月13日"——那是你以病历为基础虚构出来的日子吧,但为什么是8月13日呢?至少我就没有盂兰盆节迎魂火这个想法,这部分也算是一种文化的融合吧。我不知道你是无意之中选择了这个日子,还是真的就是这一天,但是毫无疑问这天一定有特殊的意义。这天要点起火,将那个世界的人请回这个世界。

你选择了这个意义不凡的日子,水谷似乎也很看重这一天,还

---

① 日本神话中的父神,是日本神话的起源,可以说其是日本神话中最重要的神灵之一,出现在日本神话的各个角落。其衍生出的伊邪那岐流为民间信仰,包含了阴阳道元素,传说是以天竺的伊邪那岐大王传授的24种方术为基础,不使用任何法具,只用和纸按照各种定式剪切成御币,祭仪的神职人员被称为太夫,太夫为家族世袭制,这种信仰有特定的教团组织,太夫也会收入弟子,相关的信仰仪式知识都是通过口头代代传承。

有他说的那句话——"明明没有下冰雹，怎么突然、突然蝗虫就来了"——这应该说的是《圣经》里上帝在埃及降下的十灾吧。

十灾的顺序依次是血水灾、青蛙灾、苍蝇灾、虱子灾、畜疫灾、疱疮灾、冰雹灾、蝗灾、黑暗之灾、长子灾。不论这里指的是基督教还是犹太教，水谷不都在向你暗示神的存在吗？

你们在居酒屋的对话内容也几乎全都与殉教的教徒有关，而《马太受难曲》同样是以耶稣基督受难为题材的赞美诗。

中山护士上吊的时候，你听到的那首歌也是一样。以前我寄给你的神秘民间故事里就有那首歌，完整版大致是这样的：

> 钩住舌头 盘一圈
>
> 绑着鼻子 盘两圈
>
> 碾过下巴 盘三圈
>
> 投入无尽的深渊 上锁 水井下面 历经七代 头脚颠倒

这首歌的源头也是《圣经》，就是刚才提到的《约伯记》关于巨蟒利维坦的描述。

> 谁能蒙住它的眼睛捕捉它？谁能用钩子穿透它的鼻子？
>
> 你能用鱼钩钓起海怪吗？或用绳子绑住它的舌头吗？
>
> 你能用绳子穿透它的鼻孔吗？或用钩子穿过它的腮骨吗？

是不是很相像？当然，水井、七代的部分意义不明。

你看是吧？相比于我，水谷很早便洞悉了一切，而且始终在引导你。

你说他已经彻底沉沦在了那个世界，不可能给你提示？哎呀，不管怎样，我们只看结果。

对了，"■■■■哟"也还没有解密，这恐怕是最重要的部分。我虽然不精通外语，但我认为这应该不是日语，而是阿拉米语。正式的发音是——哦，你不想听的话也没关系。这句话给人的感觉确实不太吉利，我也觉得不能念出来。不过我可以告诉你它是什么意思，因为它印证了橘家的起源。

翻译过来的意思就是"我们侍奉财富"，我推测这也揭示了他们给孩子起名的时候都会带有"一个表示财富的字"的原因。

而背后的含义我也猜到了个七七八八。

> 一个人不能侍奉两个主；不是恨这个，爱那个，就是重这个，轻那个。你们不能又侍奉神，又侍奉玛门。

这是《马太福音》的一节，本意是劝诫人们不要拜金，必须在神与财富之间做出选择，不能既拥有财富又侍奉神，也就是将"财富"拟人化，与"神"形成对比。

可见，"我们侍奉财富"，不正是对上面这段经文的解答吗？说到这里我又想起来，中世纪的时候人们一度认为这里的"财富"并非拟人化的财力，而是恶魔的另一个名字。阿拉米语的玛门即为"财富"，你应该听说过吧。

哎，以上都是我在假设这些灵异事件必有结论的基础上，拼凑堆砌出来的分析思考，正确与否尚未可知。终究还是要去一趟橘家，才能让真相浮出水面。

啊哈，既然你都能耐心听我讲完，何不与我一同走上一遭呢。

中山护士的状态似乎很不好。不是身体问题，而是精神问题。

她疯了。听说她一醒来就立刻拿起订书机，一门心思想要缝合自己的"眼睛"。

医院里流言蜚语传得是有鼻子有眼，说我和中山护士搞婚外情，而且我绝情地抛弃了她，导致她精神失常。真是无聊透顶，就算我们真有婚外情，可是中山护士才是有家庭的那一方，她总不至于寻死觅活，更何况婚外情本身就是无稽之谈。

这几个月以来，由于橘家灵异事件作祟，我的生活变得一团糟——存款越来越少，咬指甲的毛病复发了，几乎所有的护士都对我爱答不理的。

我发自内心地想要摆脱这件事情的纠缠，恨不得立马向医院递交辞呈返回乡下，但我又隐隐感觉，逃避非但不能解决问题，还会让事态愈演愈烈。

刺骨之痛。

梅毒患者如果不及时治疗，毒害便会侵入骨髓，让人痛不欲生。我感觉现在的自己就像是得了梅毒一样。

我想起了出现在那场梦境里的梅毒患者。她就是在警告我，我却没有当回事。

"你也会变成这样。"

我已经变成了那样。

我应该怎样医治自己？

只能通过病因疗法，也就是追本溯源，对症下药。

我和斋藤约在他任教的大学考试结束那天，届时我会请一天假，随他前往那个地方。

要带哪些东西呢？我要做些什么呢？

我重温了一遍先前搜集的故事，以我为中心梳理了一张人物关系图……

知　某个达摩不倒翁的始末

人物关系图

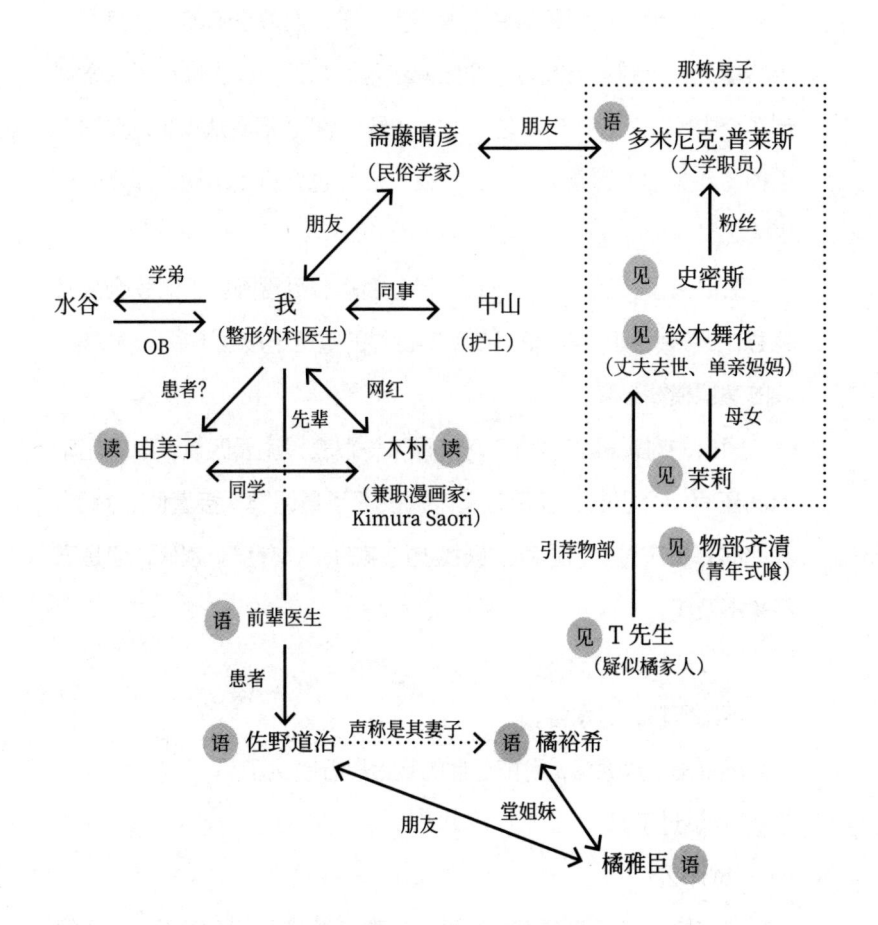

- 斋藤晴彦（民俗学家） —朋友→ 语 多米尼克·普莱斯（大学职员）
- 那栋房子：
  - 多米尼克·普莱斯（大学职员）
  - 粉丝 ↑
  - 见 史密斯
  - 见 铃木舞花（丈夫去世、单亲妈妈）
  - 母女 ↓
  - 见 茉莉
- 我（整形外科医生）
  - 朋友 → 斋藤晴彦
  - 同事 → 中山（护士）
  - 学弟 ← 水谷；OB →
  - 患者？→ 读 由美子
  - 先辈 ↔ 网红 木村（兼职漫画家·Kimura Saori） 读
  - 同学（由美子 ↔ 木村）
- 语 前辈医生
  - 患者 ↓
  - 语 佐野道治 ……声称是其妻子……→ 语 橘裕希
  - 朋友 ↔ 橘雅臣 语
  - 堂姐妹（橘裕希 ↔ 橘雅臣）
- 引荐物部 → 见 物部齐清（青年式喰）
- 见 T先生（疑似橘家人） → 铃木舞花

折腾一番之后,我并没有任何新的收获,就这样东一榔头西一棒槌,浑浑噩噩地来到了约定日期的前一天。

明天要五点起床,今晚务必早睡,可是最近我非常恐惧睡眠,因为每天都会做噩梦,而且我能够清晰地意识到自己做梦了,却什么也不记得,唯有那个谜一样的果实越变越大。起初,它只有乒乓球那么大,现在已经和哈密瓜差不多大了,而最恐怖的是,我发现果实越大,我越容易亢奋。仲仕说这是好东西,我仿佛也真的察觉到了个中妙处。它显然不是"厄"就是"祸",但我从未想过要把它丢掉(我觉得就算是丢掉了,一夜过后它也会再度出现,而且变得更大)。

豁出去了。我往床上一躺,闭上眼睛。尽管刚躺下时完全没有睡意,但似乎我的身体早已在现实世界的重压下疲惫不堪,慢慢地,我的意识模糊起来。

门口的对讲机忽然响了,我看了一眼表,凌晨四点,距离起床时间还有一个小时。我带着起床气按下了通话键,接着便后悔了。我此时才反应过来,这种时候找上门来的,只有那个家伙,但是已经来不及了。

"老师。"

不出所料,是水谷。

屏幕里一片漆黑,可能是他的脸太靠近镜头了。

"我试过了。"

"试什么?"

我震惊于自己波澜不惊的语气。难道是我已经见怪不怪,变得麻木了吗？

"您看。"

水谷可能是向后退了几步，当他整个人出现在屏幕里的那一刻——我吐了出来。

那是一男一女，两颗白发苍苍的人头，看模样有六十来岁。人头像悠悠球似的，被水谷拎在手里。其实对讲机屏幕画质粗糙，真假难以判断。然而不知为何，我一眼便认定那绝对不是假的，我笃信水谷已经把他的父母做成了活祭品。

"你为什么要这么做？"

"是老师您让我做的。"

"我没有。"

"是老师您让我做的。"

"这种事情你还真下得去手啊。"

"是老师您让我做的。"

"你和你父亲的关系再不好，也不至于这样啊。"

"是老师您让我做的。"

"这是谋杀啊。"

"是老师您让我做的。"

水谷始终用机械的语调重复着"是老师您让我做的"。

突然，我灵光一现。这个"老师"会不会不是在喊我？也许他从一开始就不是在跟我说话。我不由得想起了梦中就读的律名小学五年级三班的"老师"。

"你们觉得下一次的活祭品应该选谁呢？"

这时，我身后传来声音。

"老师。"对讲机那一头水谷的声音里充满了兴奋和喜悦，"我弑亲了，老师。"

果然，水谷是在和我身后的东西说话。

我的手脚烫得像是烧着了似的，躯体却寒彻入骨。

我根本没有打算回头看。它明明近在咫尺，我甚至能够感觉到它的喘息，但我仍然无法承认它的存在。绝对不能承认，它绝对不存在。

"■■■■哟。"

我听得一清二楚，可是大脑却拒绝接受。那句"不要深究"的警告也在耳畔回响。我知道这句话的含义，但是千万不能深究。

水谷转动着脖子扑向镜头。

"多年来，我感知到一种声音。我不止能听见声音，还能判断出它把果实、智慧、蝗虫和医生视为武器，即使我从未见过它的本来面目。因为我能理解它，我的身体被邪恶的智慧所驱动，威胁着我的神经胶质细胞，邪恶的智慧穿过我的血脑屏障。我还被逼迫着成为酩酊大醉的蓝色马匹。我是遵循法则不断弑子的精神分裂症患者，我是用非常珍贵的磁共振拍摄容器里珍贵的左臂并且乐在其中的道德高尚的人。老师，所以大家都笑了呀，像不像旋涡呀，还有泰然自若的冰天雪地。你知道我要想烧开锅里的水，让锅里冒出滚滚白烟，需要付出多么大的努力吗，有多么快乐吗？你知道我要付出多少努力才能让芦苇燃烧冒烟吗？我的努力值年薪两千万日元。熔解的骨头也是财富，也是非常重要的活祭品。弑亲，曾经都是宝贵的亲人，为了延续下去，反而、反而是为了延续。所以那不是幻听，我那没有实体的价值观是真实存在的。要我说，不能因为错过了就放弃了，那太可悲了。请让我帮助您吧，请告诉我从病理学的角度，谁更适合当活祭品吧。还有，我希望把神，从堆积如山的财富中除名。老师，我保护您的方法就在被窝里，他们建造的脆弱的庙堂，太可笑了。我相信只要摧毁毫无价值的庙堂，您就会明白。两个头颅还不足以完成拯救，您是否觉得在虚无缥缈中游荡时听到的那个声音，也就是沙哑的梦的尽头，才是真正的朋友？这种误解令我担忧。知识和财富是多么迷人啊，放不下错过的日子，是凡人扬扬得意的原因。劣质的丙酮酸不会进入三羧酸循环，因为吃的是活祭品。眼看就要代谢性酸中毒了，他们居然说，医生用活祭品赚钱用人头赚钱被震撼的恐怖的容器祭祀的手臂值得期待什么的，好像都在渴盼着人伤人、人吃人。也就是由于这种想法我才受到了阻挠，我不能原谅他们。我认为人类只要增加5－羟色胺就会三叩九拜，而且这是真的。我还以为大家都知道。还有人类为什么一定要有手有脚？那家人都死了，吊死的，但是不觉得还不够吗？不觉得还不够吗？只剩一点点了。为此我很伤心。即使您觉得够了，已经减少了，能看出来。您不觉得为了维系下去，必须进行扩散吗？您不觉得应该了解我的想法，了解老师您的想法，不会故意提出正相反的想法，为了维系下去而进行扩散吗？因此我这个人必不可少。我是医生，我是婴儿，我相信我就是脱胎于医疗行业的财富的信徒。请一定要选择我。请告诉我，谁才是活祭品，好吗？"

一股鼻息拂过耳畔，伴随着窃窃的笑声。是"老师"在笑。即使没看到脸，我也听得出来那是嘲笑。

水谷还在重复着"请告诉我，好吗"。

我哭了。水谷太可怜了，因为"老师"根本就没有理会他。

泪水滴滴答答地落在地板的呕吐物上，这一团污泥模样的东西摇晃起来。不对，是整个房子都在震动，有人在用力砸门。

"老师！"门口传来水谷的声音。他是怎么从楼道进来的？

我不由自主地跌坐在地上。水谷的力气如此之大，他一下接一下地重重地砸着门。

我忽然冷静下来。得报警，不能坐视他破门而入。

就在我下定决心报警的瞬间——也就是面对这种紧急情况，我想到报警这种实实在在的解决方法的那一刻，原本紧贴在我背后的"老师"的气息消失了。我壮着胆子回头一看，身后什么也没有，但是水谷砸门的声音仍未停止。

我向床边挪动双腿，想要去拿手机，而就在此时，砸门的声音戛然而止。

"我明白了，活祭品是……"

水谷自言自语，他的声音又变得和没出事之前一样平静。

随后便什么声音都听不到了。

窗外的天空已经泛白，我没来由地觉得必须开门看看，于是我举着一把并不太可靠的武器——在东急手创馆[①]买来的菜刀，蹑手蹑脚地打开了门。

[①] 日本连锁居家生活百货公司，主要售卖货品包括家庭用品、家具、手工艺产品、五金用品等。

"唉。"我叹了一口气。因为我知道了,是水谷自己变成了活祭品,而且我也知道,这个选择没有任何意义。

地上躺着的只有水谷光秃秃的躯干。

* * *

我认为这是一场梦。

五点,手机闹钟响起时,我准时醒来。

地上没有我看到水谷父母头颅时吐出来的呕吐物,门也没有被狠狠拍打过的痕迹,门外更没有水谷的躯干。

我脱下被汗水浸湿的睡衣,起身去冲澡。我心里不太能确定自己正身处现实,但是枕边那颗不断长大的果实打消了我的疑虑。然而不知为何,我觉得梦里有一个地方是对的,那就是水谷真的已经死了,而且我也不知道为什么我会为此感到悲伤。

我穿上衣服,检查了一下火源和空调。当我的视线扫过床铺时,赫然发现床上有一处凹陷。床垫中央塌了下去,仿佛有人正躺在那里。我意识到家里也不安全,于是连忙抓起果实走出家门。

四

斋藤还没有来，约定的时间已经过去了二十分钟。好在会合的时间定得比较早，留出了一个小时的富余时间。不过斋藤这个一贯守时的人居然会迟到，还是让我感到有些不可思议。

"打扰，我是斋藤老师的……"

突然一个身材像竹子一般纤细的女人和我打起了招呼。我还没来得及回答，她又接着说道："斋藤老师身体抱恙，他说让我们先行一步，他随后就到。抱歉还未做自我介绍，我姓鸟海。我认识斋藤老师的原因与您相似，我对那方面也很感兴趣。"

这位自称鸟海的女人莞尔一笑。她的眼睛本来就细得只剩一条缝，这一笑更是连眼白都看不见了。

三年前，我与斋藤在神乐坂举行的一场恐怖故事活动中相识。因为我是斋藤著作和节目的忠实粉丝，所以我为了那一天，特意提前整理了在医院听来的五花八门的怪谈。我在故事会上讲述完毕，斋藤便大加称赞，之后便成为私底下相互往来的朋友。斋藤的年纪足以做我的父亲，但是我们意气相投，称得上是忘年交。

得知眼前这个女人与自己有着相似的经历后，我略感失落，一种"我居然不是独一无二的"的占有欲涌上心头。

从面相上来看，这个女人大我十岁左右，平板身材，一袭黑色连衣裙，这个搭配如同是一根棍子上蒙着一块黑布。再加上半长不短的蓬松的头发，走在人群中谁也不会多看她一眼。她面庞扁平，算不上多漂亮，但是浑身散发着一种不可思议的风情。

斋藤好像很早就和夫人分居了，该不会是这位鸟海女士从中作梗吧？这时我心中一惊，我发觉长久以来在医院里糜烂的男女关系的腐蚀下，自己竟然变得如此龌龊。我打心眼里为方才的妄加揣测而羞愧，急忙用自我介绍来掩饰内心的慌乱。为了以防万一，我还向斋藤打电话确认，结果无人接听，倒是收到来斋藤发来的"劳驾与之同行"的短信。看来他的身体状况的确欠佳。

可是，这样一来不就成了孤男寡女的双人旅行了吗？她的无名指上没有戒指，而且随随便便就能在这个时间跑出来，可见尚未结婚。我倒是无所谓，但是对方一个大姑娘家的和一个素不相识的男人一起旅行，难道不会有所顾虑吗？居然能够做出这种安排，斋藤为人不谙世事的一面有时真气得人牙根痒痒的。

仿佛是看穿了我的心思，鸟海笑着说道："没关系的，我不介意，你也不用担心我这种半老徐娘啦。"

我们二人一路走一路聊，没想到，哦不，也在情理之中——我们相谈甚欢。不但因为我们有着共同的兴趣爱好，而且还是同行，鸟海平时似乎是在一家私人诊所上班。

进入松山前这段非常愉快的时光驱散了我记忆中诡异的噩梦。

当我们准备换乘通往橘家的一小时只有一班的电车时,鸟海女士忽然轻叫一声。

"怎么了?"

"没什么,突然想起一件事。哎呀,最近忘性越来越大了。"

"你还没到那个岁数吧。"

在来这里的路上,我得知鸟海女士比我大十五岁。

"是这么个事儿。斋藤老师说,这次总算是和人家约好了。"

"和谁约好了?"

"噗,保密,回头给你一个惊喜。"

提起话头的是她,说半截话的也是她。直到电车抵达距离橘家最近的车站(从车站到橘家的宅子依然很远),鸟海女士都只是笑着顾左右而言他。这座距离橘家最近的车站叫作"橘站"。

橘站比我想象得要现代化得多。虽然我对四国地区有着很深的成见,但是这座所谓极其普通的农村车站让我感到十分震惊。它绝不是乡下小站,貌似以前还开通过支线。

走出验票口后,鸟海东张西望,最后目光落在靠墙的一张长椅上,一个脸色很难看的老人茫然地坐在那里。

"您好。"

鸟海女士向老人打招呼,老人慢吞吞地抬起头。

"鸟海女士,这位是?"

"是的,就是他。"

老人直勾勾地注视着我的双眼。

"我是橘雅纪。"

老人的声音小得不能再小,但我的耳朵里恍如响起一颗炸雷。

橘雅纪是一名初三的学生。

我的脑海中随即浮现出木村女士撰写的分镜的开头。眼前这个人真的是橘雅纪吗?

"吓到了吧?没想到吧,那个故事是真的,我当时也吓了一跳呢。"

鸟海说的话我是一个字都没听进去。倘若老人真是橘雅纪本人,那么那个故事就是板上钉钉的真事,我想不承认也不行了。可是根据内容大致推算,故事发生的时间最早也得是在昭和后期,而眼前这个男人看上去足足得有七十多岁。

"能够告诉你们的,我会一字不落地全部告诉你们。旅途劳顿,请先随我回家休息吧。"

橘雅纪说着便往站外走去。他健步如飞,根本不像是一个老年人。

（五）

　　我们坐上了橘雅纪的车，本以为是要直奔橘家老宅，不过好像并非如此。说来也是，谁也不会把那些跑来只是为了满足好奇心的人直接领进家里。

　　听说半路上可以看到那栋西式建筑——也就是铃木母女殒命的鬼屋——于是我透过车窗向外看。文中的描写很写实，房子周围花团锦簇，打理得井井有条。我问现在是什么人住在里面，橘雅纪没有回答，也许是另有隐情。

　　鸟海坐在后排，一路上高高兴兴地哼着歌，这倒是提醒我了——喜欢恐怖故事的果然都是怪人。

　　车子开了一个多小时，来到一栋小巧精致的日式房屋门前。

　　我们在橘雅纪的催促下下了车，看到这里也种着花。

　　"可惜没有任何意义。"

　　橘雅纪小声嘟囔着，像是在自言自语。

知　某个达摩不倒翁的始末

"地方很小，请进。"

走进屋里，才发现这里别有洞天，布局有点像时代剧里常见的那种客栈。

听说以前这里确实是一家客栈，经营者和橘家也有一定的关系。我与鸟海被领到后面一间比较宽敞的起居室中，端上来的茶里有一股土腥味，我只喝了一口就受不了了。橘雅纪看我放下茶杯，徐徐开口问道："话说，关于我们家的事情，您知道多少呢？"

"也没有多少。"

我言简意赅地说了说。礼貌起见，没有提及一些个人推测和有关水谷的真假难辨的事情。我还给老人看了事先准备好的资料。

橘雅纪默默地浏览着，始终十分淡定，面无表情。

过了一会儿，他说："基本属实，但也有一些不真实的地方。"

"是啊，我也是这么想的。"

"实际上死的人更多。"

我下意识地望向橘雅纪的脸。那张沧桑的面孔依然看不出任何表情，他那双像是被墨汁涂抹过的黑森森的瞳仁紧盯着我，继续说道："这些故事里出现的人几乎都不在了，橘家也只剩我一个人。"

我一时语塞。当这个我原以为只存在于故事里的人出现在眼前时，我已经觉得惊心动魄了，而这个人竟然还镇定自若地宣称所有人都死了。

"也就是说，故事里提到的雅文、雅代、小雅、岩室伯父、裕寿、雅臣、裕希都死了。就是这样，只剩我一个。"

"请节……"

请哀节顺变。我还没说完，橘雅纪又说道："别担心，谁让我是第七代呢，第七代理当如此。"

"这是什么意思？"

"到第七代就会结束了，这是一种轮回。"

他的语气里有一种不容置疑的强硬，我忽然想起那首阴森的歌谣。

"历经七代，头脚颠倒"似乎与此有关，但现在这种气氛让我张不开嘴。

我们沉默了良久。附近实在是太安静了，如果没人说话，甚至能听见自己的心跳声。

也许是因为受不了这种谁都不说话的状态，鸟海开口道："有件事我很好奇……您不方便说也没关系。请问你们祖先做的'坏事'到底是什么？"

我十分惊讶，她竟然问得如此直接，难道这就是中年妇女特有的泼辣吗？没想到外表楚楚动人的她也有这样一面。同时我的心底也涌出感激之情。问得好！此前我还一直在思考怎样验证斋藤的推断。

"我不知道啊，"橘雅纪垂目道，"你应该知道我小时候的经历——说我在走廊上看到白色物体的那个故事。"

"知道。"

"那个故事，其实是我以前给一本叫《百鬼夜行》的杂志投的稿子。"

《百鬼夜行》是一本灵异现象杂志，有时斋藤也会参与编辑及访谈。这本杂志在灵异现象的圈子里可谓是无人不知无人不晓，杂志里确实也开设了一个读者投稿的专栏。

如此说来，橘雅纪也是喜欢灵异现象的同道中人吗？

"唉，这些都不重要。那时候我就是住在东京的一个普通得不能再普通的初中生，每到夏天就会去祖父母家玩。"

"也就是说，你不是一直住在这里？"

"对的，我一年前才来到这里。"

橘雅纪闭上眼睛，低下了头。

"也许是不应该投稿那种东西吧。对我来说，那只是小时候感觉有点恐怖的一次经历。然而在投稿以后……"

橘雅纪的肩膀颤抖起来，大颗大颗的泪珠滴落在榻榻米上。

"您说的是您祖父和祖母的事情吧，我读到过。不过，也未必是因为……"我插嘴道，但橘雅纪摇了摇头。

"你说的事是在投稿之前，和我说得不一样。全都毁了，先是姐姐，姐姐用棉被闷死了自己还在上小学的孩子，接着也自杀了。然后是我母亲，某天她忽然就失踪了。三个月后有人寄来一个箱子，里面的白色粉末就是她的骨灰，一看就不是正常人死后火化的。那些骨头是活生生剔下来的。至于是她自己动的手，还是……无论如何，母亲都回不来了。"

橘雅纪泪如雨下。然而他的样子与其说是可怜，不如说是让人感到怪异，不但说出来的话很荒唐，表情更是奇怪——明明在哭，嘴角却挂着幽幽的笑容。我完全插不上话。

"物部清江女士，是的，就是故事里出现的物部先生的母亲，她联系我说我父亲变得不太正常了。那时候父亲似乎出现了幻听,后来他后来把圆珠笔捅进了耳朵,人也进了精神病院。事情发展到这一步,式喰登场了。"

橘雅纪已经不掩饰他的笑容了。嘎嘎嘎,他嗓音沙哑地笑着。原来,他并不是因为呜咽才肩膀颤抖,而是为了抑制笑声。

"人们都说我父亲把橘家的一切都丢给了自己的弟弟,背叛了家族,自己跑到东京寻欢作乐。他对我名字里有个'雅'字也很不满,可是这又不怪我!"

橘雅纪猛地发出一声怒吼。与此同时天花板也发出吱吱嘎嘎的响声。我被吓得一哆嗦。

橘雅纪也愣了一下,随后说道:"抱歉,我太激动了。"

我又看了他一眼,发现他又恢复了那种死气沉沉的表情。

说实话,这里我是一刻也待不下去了。天花板上还在响,那里肯定有什么东西。可是,假如就这么直接走掉,不就白跑一趟了吗?现在离开,我也会变成橘雅纪口中"所有人都死了"的所有人的其中之一。即使眼前这个老人明显精神不正常,即使这是一座鬼屋,我也必须拿到破解谜团的线索。

"所以说,从某种层面来说,我就是活祭品,都是为了让一切在第七代结束,为了不耽误轮回,所以我什么都不知道,我不知道祖先做过什么,甚至不知道为什么会遭受这样的报应。您看我像多大岁数?"

橘雅纪死死盯着我的眼睛。我求救似的看向鸟海,鸟海露出幸灾乐祸的笑容,我只能硬着头皮回答道:"冒犯了,六十……六十多岁。"

"咳,果不其然,"橘雅纪神情自若,似乎在意料之中,"我今年三十五岁。"

天花板的声音戛然而止。突如其来的寂静反而让我的耳朵感到生疼。

"我是被侵蚀成这般模样的,只是不知道那一天什么时候到来。这才不过一年时间呐。"

橘雅纪霍然起身。他的身手确实不像老年人,但他也显然不是在说谎。

"太阳已经落山了。现在回去的话,到地方可能就半夜了。不介意的话,还请留宿寒舍。看您二位方便,明天我领二位去主宅和洋房转一转。不过现在都没人住了,只有工人偶尔去维护一下。"

他说得没错。我虽然不想在这种鬼屋过夜,但毕竟是一番好意,断然拒绝反而不太礼貌。而且不知道为什么,鸟海显得很兴奋,立即联系宾馆取消了房间。

(六)

根本睡不着。

一闭上眼睛，橘雅纪那张老态龙钟的脸和病恹恹的神情就会浮现在我的眼前。如果橘雅纪说的是真的，那么他相当于是在一无所知的情况下，突然肩负起了终结家族诅咒的任务，肯定很痛苦吧。

他的年纪与我相仿，如果单纯因为这种使命带来的压力，他不至于衰老得那么快。也许他说得没错，他是受到了某种侵蚀才变成这副模样。让我印象深刻的还有他那诡异的笑容。

我说不清楚，但我能体会到他的感受——就像我捧着那个果实。想必我注视着那个果实的时候也会露出同一种表情。事态明明在不断恶化，我却依然莫名觉得那是一个好东西。他应该也有一颗果实吧。

洗澡前我检查物品的时候，发现原本放在包里的果实不翼而飞，但我并没有着急寻找，冥冥之中我有一种感觉，那个果实还会回来的。

天花板没再响过，要是再有响动，恐怕我就要彻底一夜无眠了。

鸟海在另一个房间。这个房间里没有电视，异乎寻常的寂静让人心惊胆战。我掏出手机，发现只有在屋子里来回走动的时候才能收到一点信号，于是我放弃了，尽可能地从已经下载到手机里的漫画当中挑选搞笑的内容，以此排遣孤独。

只要等待七代。

忽然，我的脑海中出现了一些支离破碎的句子。

只要等待七代，就会有神父从罗马来。

我试图把注意力集中到正在看的搞笑漫画上，赶走这些语句。

向神父忏悔，为我们祷告。

人越是害怕，越是去想害怕的事（我不确定这是不是害怕，但是在没弄清楚之前，至少不是什么开心事）。我陷入了这个恶性循环。

我知道这样躺下去也不是办法，于是我心想不如起来收拾收拾行李，而就在此时，我听到楼下似乎有人在说悄悄话，从声调及说话方式上大致可以判断是鸟海。可能鸟海也睡不着吧，而且以她那种泼辣的性格，绝对会不管不顾地跑去把橘雅纪叫起来然后问东问西。我又萌生了那种半是愕然半是感激的心情，既然如此，那我也要加入。

拉开纸拉门,外面一团漆黑。等眼睛适应以后,我走下楼梯。说话声仍在,聊天连灯也不开吗?同是灵异现象爱好者,鸟海的胆量可比我大多了,不过她毕竟是局外人。

长长的走廊尽头便是橘雅纪的房间。就寝前他曾对我们说"如果有事尽管来这里找我",此时这个房间里隐隐透出一缕灯光,估计是和我房间里一样的纸灯罩台灯。

嘎吱、嘎吱,哧啦哧啦。

天花板响了起来,我快步穿过走廊。是幻觉,是幻觉。我不是也对木村女士说过嘛,这些声音都是我的想象力创造出来的幻觉。我走到房间前,正要把手搭在门上——接着便停在了半空之中。

房间里不是说话声,这下子我听得真真切切。

高亢而又沙哑。嘎吱嘎吱不是天花板发出的声音,而是,那种声音,听上去无疑是那种声音。

我恨不得怒吼一声——我都到了这般田地,你们还有心思干这种事。可是我没有这个胆子。况且眼见为实,我必须确认一下。

我悄无声息地蹲下身,用手指扒拉出一个能容一只眼睛窥探的缝隙。

眼对眼,视线交汇得天衣无缝。

鸟海女士莞尔一笑,那诱人的笑容和早晨与我相见时一模一样。

这太可怕了。她的嘴巴勾勒出一道美丽的弧线，妖娆妩媚的声音不断从中倾泻而出。

必须逃离这里，可是我的身体一动不动，就像是被钉在了地上，就连把脸挪开这样简单的动作都做不到。手指脚趾一阵阵地发凉。身处憋闷酷热的室内，我却不停地打着寒战。

嘶嘶……纸门的缝隙变大了，一个凉飕飕的纤细的东西附着在我的手指上，眼见着就要拉开纸拉门了。那东西显然是鸟海的手指，可是从她所在的位置怎么可能把手指伸到我这里？鸟海脸上依然挂着僵硬的笑容，目光一刻也没有离开过我。她就像玩弄猎物似的一点一点拉动着纸拉门——

鸟海女士忽然翻身倒下去，橘雅纪坐了起来。

"快点逃！"

他声如洪钟，以他方才的样子很难让人相信这个声音出自他之口。

鸟海女士的表情没有任何改变。她的上半身纹丝不动，而下半身——不知道能不能称其为下半身——黑不溜秋的蠕动着调整姿势。就像看到一大团扭动的蚯蚓一样让人作呕，我下意识地闭上了眼睛。

"快跑啊！"

橘雅纪又怒喝一声，刹那间我仿佛是破开了某种枷锁，我起身冲向玄关。

"我姓鸟海。"

一个声音在我身后紧追不舍。

"我很感兴趣我很感兴趣我很感兴趣。"

最多不过几十米的走廊，却像是永无尽头一般。

"不用担心我这种我我我这种我姓鸟海我很感兴趣。"

鸟海的说话声似乎就在我背后。

"你的坏祖先究竟做了什么坏事你的祖先做的坏事坏事坏事坏事坏事你的祖先做的坏事坏事坏事坏事坏事。"

我飞起一脚踹烂拉门，连滚带爬地跑了出去，顾不得分辨方向，便一头扎进了黑暗之中。

七

外面伸手不见五指，真的是连自己的指尖都看不见。所幸能够隐约看到很远的地方有人家亮着灯。我不顾一切地向那里跑去，还好手机没丢下，而且我发现那颗果实也在身上，不过眼下我也管不了这么多了。我没有打开手机的手电筒，一来是怕费电，二来是担心被追踪者发现。自打我离开那栋房子，就再也没有听到什么动静了，因此稍稍放下心来。

是捕食，一定是有什么东西附身了鸟海，然后捕食橘雅纪。鸟海的下半身不正是蛇的模样吗？

我飞速地在脑海里回顾此前搜集到的怪谈。

从深渊爬出来的阿丰、葬礼上在榻榻米上爬行的女人、在铃木母女家里爬过的某个东西、姐妹蛇、嫁给仲仕的村姑、仲仕、希伯来语里的蛇。

任凭我想破头也想不明白，只会徒增身体上的不适。

我三步并作两步地朝着亮灯的地方走去，不管怎样，先到那里再说。我的眼睛虽然已经适应了黑暗，但周围并没有什么标志物，有的只是废弃与否尚未可知的小屋和怎么看也看不清的门牌，这些东西丝毫不能抚慰我惊惶失措的心情。不过意外的是我竟然不觉得累。

一丁点风吹草动便会把我吓出一身冷汗，我强压着心头的恐惧，闷着头向前冲。终于，我所在的地方，能够将那座亮着灯的建筑物的全貌尽收眼底。

然而，这一刻我呆若木鸡。

这不正是那栋洋房吗？整栋洋房灯火通明。

我当然不敢再往前走。尽管故事内容不全是真的，但无疑铃木母女就是在这里丢掉了性命。

可是我别无选择。如果不进去，就只能就地卧倒，在时刻提防追踪者的恐惧中熬到天亮。

我左思右想，我之所以到这里来，目的就是查明真相。不入虎穴，焉得虎子。

但是我还是不敢迈步向前。

我怀揣着这种进退维谷的心情，一步步靠近洋房。

走到附近我才发现，这栋洋房的造型十分特殊。黑色的屋顶是一个尖利的锐角，房子如同戴了一顶圆锥形的女巫帽子，又像是囚禁圣女贞德的鲁昂监狱的高塔。这根本就不是人住的地方，或许天亮时会有不一样的感觉吧，而且房子还大得离谱。

铃木母女两人就是住在这种地方的吗？我抬头看向窗户，不禁感到疑惑。不管内部布局如何，这些窗户东一个西一个，未免过于杂乱了。这就是岩室富士男所说的"造型有所用意"吗？

灯亮着，但是完全察觉不到人的气息。

橘雅纪说过，这里"只有工人偶尔维护一下"。我心想难不成是工人在里面睡觉？

门是开着的。我正要轻手轻脚地顺着门缝钻进去，兜里忽然一振，让我险些叫出声来。我欣喜若狂，这表示手机有信号了，我终于可以联系外界了。

我掏出手机，是斋藤打来的电话。我顿时精神抖擞。眼下的局面虽然还没有好转，但我感觉自己有救了。

"喂？"

"你现在在什么地方？"

斋藤的声音显得十分紧张。

"我还好，听说你身体不舒服，你好些了吗？我现在……"

"来不及了，长话短说吧，我压根儿就没有不舒服。"

刚刚振奋起来的我一下子泄了气。

"可是……鸟海女士说……斋藤老师你身体不舒服，来不了了。"

"我根本就不认识什么鸟海女士。我给你打了无数个电话，让你取消行程，之前的想法简直是大错特错，不能去当地求证，还是在这里待着更安全。"

"啊……什么……可是我……现在……"

"莫非……橘家……"

斋藤的声音断断续续的，电话里出现了杂音，可能是信号又不好了。我推测他说的是"你到橘家了吗"，于是我解释道："我已经逃走了。"

从斋藤的语气中我能听出他很惊慌。

我把橘雅纪，刚刚发生的诡异事件，以及此时此刻我就站在那栋洋房前面等情况统统告诉了斋藤。就连一贯唠叨个不停的他也只是稍做停顿，之后说道："总之你先冷静下来，从蟒溷到发縊后。绝对不能螟縺縺，因为那里是蜷縺肴懊縊。"

不行，听不清，而且他似乎说的也不是日语。

"諾昴縺縊九縺蛥辅縺縺縺上縲縺縺九縺縺昴縺縺蜷代縺。"

滋滋滋滋。

耳边传来某种笨重的东西在地上爬行的声音。

滋滋滋滋。

即使看不见对方，我也知道是怎么回事。

那是仲仕来了。

"完成了。"

这是仲仕在借用斋藤的声音说话。

"恭喜你，你被选中了，干得漂亮。"

咚，头顶上掉下来一个东西。有水谷脑袋那么大，是一颗果实。

这颗硕大的果实正看着我,真是幸福。

感激不尽。滋滋滋滋。

仲仕围着我爬啊爬,祝福着我,这是只有到达之人才配享有的特权,我笑得合不拢嘴。这有什么可怕的,简直易如反掌啊。

感激不尽。我也必须趴在地上庆祝仪式完成。感激不尽。

"可以吃喽。"

是的。吃,可以吃了。听到这句话,我在心里欢呼雀跃。嘀哩哩嘀哩哩嘀哩咚咚咚。用《拉德斯基进行曲》为我庆祝,庆祝我凯旋。这是庆典,这是苹果,这是苹果,但是称其为苹果可是大不敬啊。那该怎么称呼呢?苹果王?不对。苹果神、苹果大神。不行,神明已经不存在了。啊哈哈。怎么办?

总之用甜甜的苹果大人烫一烫嗓子吧。明白了,全都明白了。

把人献给尊贵的大人既算不上稀罕事,也不是什么陈规陋习。这是多么美好的事情,这是多么美妙的事情。我真想给过去的自己一拳,对不起啊,感激不尽。

这是好东西,同时也很恐怖,这是纯粹的恐怖。我们实在是太愚蠢、太莽撞了。

"你知道要做什么了吧?"

仲仕老师对我说。我点点头,要给椎间盘增加负担。

我要和老师一起去往无边无际的七个地狱。

可是老师摇摇头。

"看来你还不知道啊,砍掉吧。"

不要砍掉啊,那样太惨了。

"你要做的是扩散。"老师无奈地说道。看我一副心灰意冷的模样,老师笑了,我也笑了。

"去扩散吧。"

提到扩散,就会想到亚伯拉罕①,要像他那样在全世界播撒种子,阻止他们的阴谋。毕竟,七代转瞬即逝。

"去扩散吧。"

我觉悟了,因此我要采取实际行动。也许是因为天亮了,老师眨眼间就消失了。

终于,手机信号恢复正常。

"你还好吧?!"

我听见了斋藤的声音,不知道他呼唤了我多少遍。

谢谢你,我向他道谢,并且告诉他我没事了。然后我要采取实际行动了。志在必得,因为我已经没事了。

"等我回去,我有很多话要对你说。如果可以的话,希望能刊登在杂志上。总之我有一肚子话要对你说。"

斋藤爽快地答应了,我露出微笑。

扩散、扩散、扩散。这样我就能跟老师在一起了。所以,请大家也助我一臂之力吧。这是一个轮回,以轮回的方式维系下去,就像盘虬的蛇,维系下去。

---

① 亚伯拉罕是犹太民族和阿拉伯民族的共同祖先。

终

远山 白色斑点的鹿

长虫

朝阳映山 打着盹

穿过身体 疼痛难当

跳将起来 蕨菜之恩

孕育着 孕育着

倒行逆施

唵、阿、卑、罗、吽、欠、莎婆诃

天竺

去往七段国修行

搜集七块石头

建立七座坟墓

堆起七座石头佛塔

锁上七块石头

终

孕育着 孕育着
推落七个地狱
唵、阿、卑、罗、吽、欠、莎婆诃

请诵念以上的经文,每天都要诵念,每晚都要诵念,心神不宁的时候就要诵念。拜托了。

北京市版权局著作权合同登记号：图字 01-2025-2459

HONEGARAMI
by ROKA Koen
Copyright © 2021 ROKA Koen
Original Japanese edition published by GENTOSHA INC.
All rights reserved
Chinese (in simplified character only) translation copyright © 2024 by Jiangsu Kuwei Culture Development Co., Ltd.
Chinese (in simplified character only) translation rights arranged with GENTOSHA INC. through BARDON CHINESE CREATIVE AGENCY LIMITED

图书在版编目（CIP）数据

刺骨之痛 /（日）芦花公园著；姚奕崴译. -- 北京：台海出版社, 2025.6. -- ISBN 978-7-5168-4213-3

Ⅰ. I313.45

中国国家版本馆 CIP 数据核字第 20259QY432 号

刺骨之痛

著　　者：[日]芦花公园	译　　者：姚奕崴

责任编辑：俞滟荣

出版发行：台海出版社
地　　址：北京市东城区景山东街 20 号　　邮政编码：100009
电　　话：010-64041652（发行，邮购）
传　　真：010-84045799（总编室）
网　　址：www.taimeng.org.cn/thcbs/default.htm
E - mail：thcbs@126.com

经　　销：全国各地新华书店
印　　刷：天津旭丰源印刷有限公司
本书如有破损、缺页、装订错误，请与本社联系调换

开　　本：880 毫米 ×1230 毫米　　　1/32
字　　数：160 千字　　　　　　　　　印　　张：7.5
版　　次：2025 年 6 月第 1 版　　　　印　　次：2025 年 6 月第 1 次印刷
书　　号：ISBN 978-7-5168-4213-3

定　　价：45.00 元

版权所有 翻印必究